大
方
sight

# 诺亚的孩子
L'enfant de Noé

[法]埃里克-埃马纽埃尔·施米特 著
Eric-Emmanuel Schmitt
徐晓雁 译　喜久 绘

中信出版集团·北京

图书在版编目（CIP）数据

诺亚的孩子 / (法) 埃里克-埃马纽埃尔·施米特著；
喜久绘；徐晓雁译. -- 北京：中信出版社，2019.1
ISBN 978-7-5086-9667-6

Ⅰ.①诺… Ⅱ.①埃… 喜… ③徐… Ⅲ.①长篇小
说-法国-现代 Ⅳ.①I565.45

中国版本图书馆CIP数据核字(2018)第239269号

L'enfant de Noé By Eric-Emmanuel Schmitt
Copyright©Editions Albin Michel-Paris 2004
Simplified Chinese translation copyright©2019 by CITIC Press Corporation
ALL RIGHTS RESERVED
本书仅限中国大陆地区发行销售

诺亚的孩子

著者：[法]埃里克-埃马纽埃尔·施米特
译者：徐晓雁
出版发行：中信出版集团股份有限公司
（北京市朝阳区惠新东街甲4号富盛大厦2座 邮编100029）
（CITIC Publishing Group）
承印者：上海盛通时代印刷有限公司

开本：787mm×1092mm 1/32　印张：4.625　字数：91千字
版次：2019年1月第1版　印次：2019年1月第1次印刷
京权图字：01-2018-7329　广告经营许可证：京朝工商广字第8087号
书号：978-7-5086-9667-6
定价：45.00元

版权所有·侵权必究
凡购本社图书，如有缺页、倒页、脱页，由销售部门负责退换。
服务热线：400-600-8099
投稿邮箱：author@citicpub.com

献给我的朋友皮埃尔·佩雷尔米泰,他的故事部分启迪了这部小说的灵感。

纪念那慕尔圣让·巴蒂斯特教区的副本堂神父安德烈,及所有国际义士。

我十岁的时候,每个星期天都要和一群孩子一起,等着被"拍卖"。

人家并不是真要卖我们,只是让我们一个个从高台上走过,希冀找到想领走我们的人。公众席中很可能有终于从战争中归来的我们的亲生父母,也可能有一些想收养我们的夫妇。

每个星期天,我都要站到木板台上,希望被认出或者被收养。

每个星期天,在黄别墅风雨操场的顶棚下,我可以走十步让人看见我,走十步找到一个家,走十步不再做孤儿。开始几步我走得毫不费劲,我是那么迫不及待地登上台去。但走到一半时,便有些泄气,拖着双腿艰难走完最后一米。走到尽头时,仿佛站在了跳水台边缘,等着我的是虚空。比深渊更深的沉默。从那一排排戴着帽子的、光着头的或梳了发髻的脑袋中,应该有一张嘴巴张开喊道:"我的儿子啊!"或者"是他!我想要的就是他!

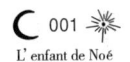

我领养他！"在我脚趾痉挛、身体僵硬地朝向这声呼唤之前，为了能将自己从被遗弃的命运中拯救出来，我确认已好好收拾过一番自己。

一大早我就起床，从寝室冲到冰水洗脸池，石头般坚硬的绿肥皂划破了我的皮肤，半天不肯软化，只起一点点泡沫。我梳了二十次头，以保证头发服服帖帖。因为我做弥撒时穿的蓝制服已经太窄，肩膀太紧，袖子太短，裤管也太短，我只好缩在这身布料粗糙的衣服中，以遮掩一下我已经长大。

等待的时候，我们并不知道经历的将是快乐还是折磨，我们准备好纵身一跃，却并不知道迎接我们的是什么，也许我们会死去？也许我们会得到掌声？

当然我的鞋子有碍观瞻。两块破烂纸板，破的地方比好的地方多，用酒椰叶纤维捆扎着，露出一个个洞，倒像双镂空鞋，迎在寒风中，露着我的脚趾头。只有当这两只破鞋子沾了好几层泥巴结成硬壳时，才能扛得住一点雨水。我不敢去洗这双鞋，怕一洗，它们就化了。唯一让人觉得这还像双鞋的地方，就是我还把它们穿在脚上。如果我把它们拎在手里，人家肯定会热心地指给我看垃圾桶在哪里。也许我应该穿平时穿的木屐？可是黄别墅的访客不至于在台下注意到这些吧！再说了，人家也不会因为我的鞋子就不要我了！那个红头发的莱昂纳多打赤脚在台上走，不也找到他父母了?

"你可以回饭厅去了,小约瑟夫。"

每个星期天,我的希望都要在这句话中破灭。蓬斯神父的意思是这次也不会有结果了,我可以退场了。

转身。十步让自己消失,十步走回痛苦中,十步重新成为孤儿。台边,另一个孩子已经走上来,我的心一阵阵刺痛。

"您觉得我还有希望吗,神父?"

"什么希望?我的孩子。"

"找到几个父母。"

"几个父母!我希望你的亲生父母能躲过一劫,然后很快出现。"

因为每次上台亮相都没有结果,我开始感到内疚。实际上,是他们迟迟不来,不回来。但这能全怪他们吗?他们还活着吗?

我十岁。三年前,父母把我托付给了几个陌生人。

战争结束有几个星期了,随着战争的结束,希望和幻想的时光也随之结束。我们这些曾经躲藏起来的孩子,也要面对现实,就像经受当头一棒,最终搞清楚我们是否仍然还有一个家,或者我们将孤独地留在世上……

一切是在一辆有轨电车里开始的。

我和妈妈坐在一节黄色车厢的最后一排,穿过布鲁塞尔。电车发出轰隆隆的声响,还冒出火星,我想是车顶溅出的这些火星让电车加速。我坐在妈妈膝盖上,身子贴着她的狐皮衣领,被她身上甜甜的香水味包裹,被快速地带入这个灰蒙蒙的城市。那时我只有七岁,但俨然是世界之王:靠后,臣民们!让我们过去!汽车靠边,马车让道,行人四处躲闪,司机载着我们前进,妈妈和我仿佛是坐在皇家四轮马车上的一对母子。

别问我妈妈长得什么样子:我们能描绘太阳的样子吗?妈妈带来温暖,带来力量,带来快乐。比起她的容貌,我更记得她带来的感觉。我在她身边欢笑,从来不会发生什么严重的事。

所以当德国士兵上车时,我一点也不担心,我只要把哑巴孩子的角色扮演好就可以了。因为父母怕我的意第绪语会泄露身份，所以说好一旦有穿铜绿色制服或黑色皮大衣的人靠近，我就得闭嘴不说话。1942年这年，我们被强迫在衣服上佩戴黄色的犹太之星。但我爸爸是个灵巧的裁缝，他找到一种办法把我们大衣上的犹太之星隐藏起来，需要的时候又可以亮出来。妈妈把这叫做我们的"流星"。

士兵们在那里交谈着，并没有注意到我们，但我感到妈妈身体僵直，浑身发抖。这是本能反应？还是她听到了什么关键性的话？

她站起来用手捂住我的嘴，车到下一站时，就推着我匆匆走下踏板。一站到人行道上，我就问：

"我们家还远着呢，为什么在这儿下车？"

"我们去逛街，约瑟夫，好不好呀？"

我，只要是妈妈想做的事，我都愿意，即使以我七岁的脚力，要跟上她的步伐很费劲，因为她忽然比平时走得更快更急。

路上，她提议：

"我们去拜访一位高贵的夫人，怎么样？"

"好的,谁呢?"

"叙利伯爵夫人。"

"她有多高呢①?"

"你说什么?"

"你刚才对我说这是个高高的夫人……"

"我的意思是她是贵族。"

"贵族?"

一路上她给我解释说,贵族就是上流社会出生于非常古老家族的人,因为高贵,所以我们要表示出极大的尊敬。说着就把我带到了一座非常豪华的府邸门厅,仆人向我们行礼。

这时,我却大失所望,因为朝我们走来的这位夫人,一点都不是我想象中的样子:尽管出生于"古老"的家族,可叙利伯爵夫人看上去很年轻;尽管是出生"高贵"的"高"夫人,可她其

---

①法语中 grand 一词,同时有"高大"和"高贵"之解。——译者注,下同。

实比我高不了多少。

她们低声急促地交谈了些什么,然后妈妈亲了亲我,对我说在这里等着她回来。

这位娇小、年轻、令人失望的伯爵夫人把我领到客厅,给我拿来蛋糕和茶,还弹钢琴给我听。看着高高的天花板和面前丰盛的糕点,加上美妙的音乐,我接受重新调整立场,舒舒服服陷在扶手椅中,承认她确实是一位"高大的夫人"。

她停止弹琴,叹口气看了一眼挂钟,然后眉头紧皱着走到我身边。

"约瑟夫,我不知道你能否听懂我要和你说的事,但我们的血统不允许我们向孩子隐瞒真相。"

如果这是贵族间的规矩,她为什么要强加给我呢?难道她认为我也是贵族?再说了,我到底是不是呢?我,贵族?也许……为什么不呢?如果像她那样,既不用很高也不用很老,那我也有机会。

"约瑟夫,你父母和你面临着很大的危险。你母亲听见人说你们住的街区将有大搜捕。她去通知你父亲和尽可能多的人,她把你托付给我保护。我希望她能回来，就这样，我真的希望她能回来。"

要这样的话，我可不愿每天都做贵族：真相，是令人痛苦的。

"妈妈一直回家来的。她为什么不回来呢？"

"她有可能被警察抓起来。"

"她做了什么坏事？"

"什么也没做。她是……"

说到这里，伯爵夫人从胸腔长长地叹了口气，使颈前的珍珠项链相互摩擦了一下，她的眼睛潮湿了。

"她是什么？"我问道。

"她是犹太人。"

"是啊，我们一家都是犹太人。我也是，您知道的。"

因为我说得没错，她在我两颊亲吻了一下。

"那你呢，你是犹太人吗？夫人。"

"不，我是比利时人。"

"和我一样。"

"对，和你一样。还是基督徒。"

"基督徒，是犹太人的对头？"

"犹太人的对头是纳粹。"

"他们不抓基督徒？"

"不抓。"

"哦，那还是做基督徒更好点？"

"那要看面对的是谁。来，约瑟夫，我们一边等你妈妈回来，我一边带你参观参观家里。"

"哈！你看着，她一定会回来的！"

叙利伯爵夫人牵着我的小手沿着通向高处的楼梯拾级而上，欣赏着那些花瓶、油画和甲胄。在她的房间里，我看见一整面墙都挂满了衣裙。在我们沙尔别克街上的家里也是这样的。我们生活在一大堆衣服、线团和布料中间。

"你也是裁缝，和爸爸一样？"

她笑了。

"不，我买像你爸爸那样的裁缝做好的衣服。他们总得替什么人干活吧，对不对？"

我点点头。但我没告诉伯爵夫人她肯定不是在我们家买的衣服，因为在爸爸那儿我从没见过这么漂亮的衣服。那些刺绣的丝绒，那些闪亮的绸缎，那些袖口上的花边，那些宝石一样发亮的纽扣。

伯爵回来了，听完伯爵夫人讲述我的处境后，他打量了我一下。

他的样子和贵族接近多了，高大、削瘦、有点年纪，总之他的小胡子让他看起来很威严。他那么高，打量着我，我明白了也许就是为了他，他们家的天花板才修得那么高。

"来和我们一起用餐吧,孩子。"

这就是贵族的嗓音,我敢肯定!坚定、厚实、低沉的嗓音,让人想到被烛光照亮的青铜雕塑般的颜色。

吃晚饭的时候,出于礼貌我尽量交谈几句,尽管我还沉浸在我的出身问题:我是不是贵族?如果说叙利夫妇愿意接纳和帮助我,是不是因为我和他们源出同系?所以我是贵族?

我们去客厅喝橙花茶的时候,我真该大声提出这个问题,但害怕得到否定的回答,所以我宁可把这个让我想入非非的问题再保留一段时间……

当门铃响起时,我大概已经睡着了,我蜷缩在扶手椅里醒来,看到爸爸和妈妈突然出现在门厅,我第一次明白他们是不同的。他们佝偻在暗淡的旧衣服里,手里提着行李箱,说话时带着很多迟疑、忧虑,仿佛在害怕他们身后的黑夜,也在害怕眼前同他们说话的光鲜主人。我在想我的父母是不是很穷啊。

"真是一次大搜捕啊!他们抓了所有人,连妇女小孩都不放过。罗森贝格一家,梅耶一家,雷吉一家,佩雷尔米泰一家。所有人……"

我爸爸在哭。他从来不哭的人，却跑到叙利夫妇这样的人家里来哭，这让我很不自在。这种不拘礼节说明什么呢？说明我们是贵族？我坐在扶手椅里一动不动，他们以为我睡着了，而我却竖起耳朵关心着一切。

"逃走……逃到哪里去呢？去西班牙必需先穿过法国，法国也不安全了，而且没有假证件的话……"

"你看，米舍科，"妈妈说道，"我们应该陪丽塔婶婶一起去巴西的。"

"带着我生了重病的父亲？不可能！"

"现在他死了，上帝收留了他的灵魂。"

"是啊，但现在已经太晚了。"

叙利伯爵打断了他们的争执：

"我会照应你们的。"

"不，伯爵先生，我们的命运并不重要。首先要救的是约瑟夫，只救他，如果不得不这样的话。"

"对,"妈妈也附和道,"一定要把约瑟夫藏起来。"

在我看来,所有这些关注都证实了我的直觉,我是贵族。反正,在我亲人眼里就是这样。

伯爵重新安慰他们:

"当然,我会照顾约瑟夫,我也会照顾你们。不过你们得暂时与他分别一段时间。"

"我的小约瑟夫……"

妈妈倒在娇小的伯爵夫人怀里哭泣着,夫人友善地抚摸着她的肩膀。与父亲的眼泪让我难堪不同,她的眼泪让我心碎。

如果我真是贵族,就不能再装睡了。我很有骑士风度地从扶手椅上跳下来去安慰妈妈。可是不知怎么了,我到了她跟前却事与愿违,我抱住她的腿开始哭泣,哭得比她还厉害。就这么一个晚上,叙利夫妇看到了我们全家人的眼泪!此后还怎能让人相信,我们也是贵族?

为了缓和一点气氛,爸爸打开行李箱:

"给，伯爵先生，因为我永远也无法报答您，我把我所有的一切奉上。这是我最新做好的衣服。"他拎出挂在衣架上的一件件上衣、裤子和马甲，用手背抚摸着它们，就像他在店里常做的那样，一种为了展示商品质量的动作，以此看得出衣料的柔软顺滑。

幸亏爸爸没有和我一起参观过伯爵夫人那一屋子漂亮衣服，否则他肯定要羞愧得当场昏过去，后悔居然敢拿出这么普通的衣服给这么有品位的人。

"我不需要任何方式的报偿，我的朋友。"伯爵说。

"您一定要……"

"别侮辱我，我并非出于利益这么做，请您，保存好这些宝贝，您会派得上用场的。"

伯爵把我父亲的那些衣服称为"宝贝"！我有点搞不清楚，也许是我看走眼了？

人家把我们带到府邸顶楼的一个斜屋顶的房间安顿好。

我被屋顶中央天窗外的星星迷住了。以前我没有机会观察天空，因为我们住在地下室，我从气窗里只看得见路人的鞋、狗和手提袋。而这无边的苍穹，天鹅绒般深邃的天空，宝石般闪烁的星星，我觉得就是应该从一幢高贵的、每一层都美得耀眼的豪宅中看见。就这样，在叙利夫妇的上面，不是一栋住着六对夫妇及其后代的住宅，而是让人心旷神怡的天空和星星。我真想做个贵族。

"你看，约瑟夫，"妈妈说，"这颗星星属于我们，你和我。"

"它叫什么？"

"人家称它为牧羊星，我们把它称为'妈妈和约瑟夫的星星'。"

妈妈喜欢给星星重新取名字。

她用手捂住我的眼睛，让我转了一圈，然后指着天上问我：

"它在哪儿，你能指给我看吗？"

在无垠的天空中，我很快就学会认出"妈妈和约瑟夫的星星"。

她把我紧紧搂在怀里,用意第绪语唱起一首摇篮曲。唱完后,她再让我指给她看"我们的星星"。然后又开始唱歌。我努力忍着睡意,舍不得放弃这样的时刻。

爸爸在房间另一端,一遍遍整理着他行李箱里的那些宝贝,低声抱怨着。在妈妈吟唱两段摇篮曲的间隙,我鼓起勇气问他道:

"爸爸,你会教我做衣服吗?"

他吃了一惊,没有马上回答。

"是的,"我坚持道,"我想和你一样,也去制作那些宝贝。"

他走近我,平时总是有些生硬和严肃、难以亲近的他,把我搂在怀里亲吻。

"我会教你所有我会做的事情,约瑟夫,甚至我不会做的。"

平常他那把黑色、坚硬、扎人的大胡子大概让他不舒服,因为他总是要去摸自己的脸颊,而且不许任何人碰他的胡子。但他今天肯定没有遭罪的感觉,允许我好奇地摸他的胡子。

"很舒服吧?"妈妈有些脸红地低声道,好像在对我透露某个秘密。

"得了,别说蠢话。"爸爸呵斥道。

尽管有一大一小两只床,妈妈坚持要和我睡那只大床,爸爸反对了一会儿,就让步了。自从我们变成贵族后,他真的变了许多。

然后,看着那些用意第绪语唱歌的星星,我最后一次在妈妈的怀里睡觉。

我们从没有道过别。也许是出于当时一连串混乱的事件？也许是他们的深思熟虑？他们肯定不愿意经受这一幕，更不想让我经受……这根线就在我一点没意识到的情况下被扯断了：第二天下午他们就不见了，再也没有回来过。

每次当我问伯爵和娇小的伯爵夫人我父母去哪儿了，回答总是一成不变："躲起来了。"

我还是很满足的，因为我的注意力全集中到去发现我的新生活，贵族生活。

如果我不是一个人在这豪宅的角角落落里探寻，不是去看女佣们专心擦拭银器、打扫地毯、拍拍坐垫，那我就是和伯爵夫人待在一起。我们会在客厅里待好几个小时，她指导我法语，禁止我说任何意第绪语。只要她给我吃蛋糕和给我弹华尔兹舞曲，我就表现得非常乖。尤其是我认定要真正获得贵族身份，一定要熟练掌握这门语言，虽然它有点乏味，发音有些困难，比起我用的语言少了一点节奏感和色彩,但它却很柔和优雅。

当着外人的面,我要叫伯爵和伯爵夫人"叔叔"和"婶婶",因为他们对人说我是他们的一个荷兰侄子。

有一天早晨当警察包围屋子的时候,我几乎要认为这是真的。

"警察!开门,是警察!"

有人使劲拍打着大门,好像门铃对他们还不够用。

"警察!开门,是警察!"

伯爵夫人穿着丝绸睡衣冲到我房间,一把抱起我,一直抱到她床上。

"别怕,约瑟夫,用法语回答问题,始终像我一样回答。"

当警察上楼时,她正在给我念一个故事,我们靠在枕头上,好像什么事都没发生。

他们进来后,气势汹汹地扫了我们一眼。

"你们藏匿了一家犹太人!"

"你们可以随便搜查,"她居高临下地说道,"你们可以敲打墙壁,打开行李箱,掀翻床铺。反正你们什么都不会找到。相反,我可以向你们保证,从明天起你们会听到有人提起我。"

"有人举报了你们,夫人。"

伯爵夫人非常镇静,愤慨地表示他们听信流言,警告他们事情到此没完,她会一直捅到皇宫,因为她和伊丽莎白皇后是知心朋友。然后声称警察他们要为这件蠢事丢饭碗,这一点,他们可以相信她的话!

"现在,搜查吧,快点搜!"

面对这样的自信和愤慨,警察头目有些退缩了。

"我可不可以问一下,夫人,这孩子是谁?"

"我侄子。冯·格雷贝尔将军的儿子。我是不是要向您出示我们家族的谱系图?您简直是在找死,小伙子!"

一阵翻箱倒柜后,警察们嘟哝着道歉,窘迫不安地离开了。

伯爵夫人跳下床,精神紧张到极点后,一时间又哭又笑起来。

"你撞见了我的一个秘密,约瑟夫,我作为女人的一个小花招。"

"什么花招?"

"指责别人而不是争辩。受到怀疑时要主动出击,以攻为守。"

"这是女人专用的吗?"

"不,你也可以用。"

第二天叙利夫妇告诉我,我不能再留在他们家里了,因为他们的谎言根本经不起调查。

"蓬斯神父会过来,他会照顾你。你不可能找到更可靠的人了。你要叫他'我的父亲'。"

"好的,我的叔叔。"

"你叫他'我的父亲'不是为了让人相信他就是你爸爸,就像你叫我'我的叔叔'。蓬斯神父，人人都叫他'我的父亲'。"

"连你们也这么叫？"

"我们也这么叫。这是位神父，我们对他说话时就称'我父'。警察也这么叫，德国士兵也这么叫，所有人都这么叫，即使不信的人也这么叫。"

"不信他是他们父亲的人？"

"即使不信上帝的人也这么叫。"

我很震惊遇到一位是全世界"父亲"的人，或被当作这样的人。

"蓬斯神父和浮石①有什么关系吗？"我问。

我想到了这几天伯爵夫人拿来让我洗澡时摩挲脚后跟去死皮的那种轻滑石头，它们的形状就像小老鼠。我非常惊讶它们竟浮在水里，这对一块石头来说太奇怪了。而且碰到水后，颜色会变化，从灰白变成烟黑色。叙利夫妇大笑起来。

---

① 文字游戏：蓬斯神父（Père Pons）与浮石（ponce）发音相同。

"我不知道这有什么好笑的,"我有些生气地说,"也许是他发现……或者发明了……这种石头。反正总归得有人做这种石头呀!"

叙利夫妇不再笑我,点了点头。

"你说得对,约瑟夫,很可能就是他。不过他和石头可没有任何关系。"


但这不妨碍他按门铃走进叙利家时,我立即猜到肯定是他。

这是个高高瘦瘦的男人,给人感觉身体是由两个相互不搭配的部分组成:头部和其他部位。他的身体像一块平板,没一点起伏,同样扁平的黑袍子像是挂在衣架上而不是穿在身上,一直盖到脚踝露出锃亮的靴子。不过呢,他的脑袋却非常突出,粉色的,肉嘟嘟的,新鲜纯洁,就像刚出浴的婴儿,让人忍不住想去亲吻,去捧在手里。

"早晨好,神父。这是约瑟夫。"伯爵说道。

我盯着他,试图弄明白为什么他的脸不仅没让我感到吃惊,反而让我证实了某样东西，证实了什么呢？他的黑眼睛在圆圆的镜片后友好地看着我。

突然，灵光乍现。

"你没有头发！"我大声说道。

他笑了。就在这一刻，我喜欢上了他。

"我掉了好多头发，长出来的那一点，我把它们剃光了。"

"为什么？"

"为了不用费时间梳头。"

我扑哧笑了。这么说他自己都不清楚自己为什么是光头？这太好玩了……叙利夫妇有些疑惑地看着我，他们也没明白？我要对他们说明吗？其实这是明摆着的呀：蓬斯神父的脑袋像鹅卵石一样光滑，那是因为他得像他的名字一样：光滑石头①！

在他们持续的惊讶中，我感觉应该闭嘴，我可不想被看作傻瓜……

---

① 光滑石头（pierre ponce）与神父的名字皮埃尔·蓬斯（Pierre Pons）读音一模一样。

"你会骑自行车吗?约瑟夫。"

"不会。"

我不敢承认不会的原因:自从战争开始以来,我父母谨慎地禁止我上街玩耍,因此在游戏方面,我要比同龄孩子落后许多。

"那我来教你骑。"神父回答道,"你试着坐直在我后边,抓牢我。"

在这府邸的院子里,我要配得上叙利家的自豪,我试了好几次,跳上了自行车后座。

"现在我们到路上去试试。"

当我练得差不多时,伯爵夫妇走过来,匆匆地亲吻了我一下。

"再见,约瑟夫。我们会去看你的。当心那个胖雅克,神父。"

我刚有点回过神这将是一次诀别,神父已经带着我骑车穿过布鲁塞尔的街道。因为我的注意力都集中在如何保持平衡上,还无法顾及我的忧伤。

一场细雨把柏油马路淋得又湿又滑,我们窄窄的车轮摇摇晃晃地快速往前。

"如果我们碰到胖雅克,你就贴近我和我说话,装着我们认识了好久的样子。"

"胖雅克是谁,神父?"

"一个犹太叛徒。他经常坐在盖世太保的汽车里,给纳粹指认他认识的犹太人,然后他们就会被抓起来。"

我正好注意到一辆黑色的汽车跟在我们后面。我转头向后看了一眼,发现透过挡风玻璃,在一群穿黑大衣的人中间,有一张苍白的淌着汗水的脸,眼睛不停地搜寻着路易大街两侧。

"胖雅克,神父!"

"快,快给我讲点什么。你应该听过很多笑话吧,约瑟夫?"

我没有多加选择,把我知道的所有好玩故事一股脑倒出来。我怎么都不敢相信这些故事能把蓬斯神父逗得这么开心,放开喉咙大笑。结果,这个成功让我很兴奋,我也开始大笑起来。当那辆汽车靠近我们的时候,我已经沉浸在我的成功中,并没有注意到它。

胖雅克不怀好意地盯了我们一眼,用一块折叠的白手绢擦了擦浮肿的脸,仿佛对我们的开怀大笑很厌恶,挥挥手让司机加快速度。

蓬斯神父很快拐进边上的小路,汽车从我们的视野中消失了。我还想继续我的喜剧演员生涯,蓬斯神父大喊起来:

"行行好,约瑟夫,停止吧。你让我笑得踩不动脚踏板了。"

"真遗憾,那您就听不到三个拉比①和一辆摩托车的故事了。"

天色暗下来了,我们还在骑车。我们早已出城,穿过乡村,树木也开始变得黑乎乎。蓬斯神父没有喘息,但几乎不讲话了,顶多问一句:"还行吗?""你能坚持?""你没有太累吧,约瑟夫?"不过随着我们一点点前进,我感觉和神父之间越来越亲近,肯定是因为我双手抱着他的腰,脑袋靠在他的背上,我感受

---

① 拉比:对犹太教教士的称谓。

到了他宽大袍子底下削瘦身体所散发的热量。终于有一块路牌指着尚莱,蓬斯神父住的村庄。他刹车,自行车吱地一声停住,我一头摔到了土坑里。

"太棒了,约瑟夫。你骑得不错。35公里,对一个初学者来说,非常了不起了!"

我站起来,没敢纠正神父。实际上我感到很不好意思,因为路上我并没有踩动脚踏板,我的双腿是悬在空中的,是不是有什么脚踏板我没注意到?

他停好自行车,我还没来得及核实脚踏板的事,他就拉起我的手,我们穿过田野,来到尚莱村口的第一座房子,一座低矮的石头房子。他示意我别出声,绕过正门,去敲了敲储藏室的门。

一张脸突然出现。

"快点进来。"

药剂师马塞尔小姐很快又关上了门,带我们走下几级台阶来到点着油灯的昏暗地窖。

马塞尔小姐让孩子们感到害怕,当她弯腰凑向我的时候,这种效果又出来了：我几乎本能地叫起来。这是光线昏暗的缘故吗？是光线从下往上照的缘故？马塞尔小姐什么都像，就是不像个女人，看上去差不多就像一颗土豆安在一只鸟身上。她脸上线条粗糙，歪歪扭扭，眼皮耷拉着，深褐色的皮肤粗糙无光，活像农民刚刚掘出来的一块根茎，一铲子铲出一张薄薄的嘴和两个小瘿瘤似的眼睛。几根稀稀拉拉的头发，根部已经发白，发梢接近红棕色，也许春天还会多长几根头发出来吧。双腿像麻杆一样细的她弯腰前倾，把身体弯成虾米状，双手叉腰，手肘朝后，一副要飞起来的样子。她盯着我，仿佛就要扑上来啄我两口。

"肯定是犹太人吧？"她问。

"是的。"蓬斯神父回答。

"你叫什么名字？"

"约瑟夫。"

"不错，不用改名：这名字犹太人和基督徒都用。你父母呢？"

"妈妈，蕾阿；爸爸，麦克尔。"

"我是问他们的姓。"

"伯恩斯坦。"

"哦,这可是糟透了!伯恩斯坦……我们就叫贝尔坦吧。我给你准备一些文件,就用约瑟夫·贝尔坦这名字吧。过来,跟我去拍照。"

屋子的一角,一只小圆凳等着我在一片蓝天森林的布景前摆好姿势。

篷斯神父替我整整头发,拉拉衣服,嘱咐我看着那个机器。那是个很大的木盒子,连着一个皮腔,架在一个几乎齐人高的架子上。

就在这时,一道闪光照亮了整个屋子,太亮了,让人有点张皇失措,我还以为做了个梦。

我正揉眼睛时,马塞尔小姐又往皮腔里塞了另一块板子,刚才的闪光亮又出现了一下。

"再来一次!"我要求道。

"不，两张就够了。今天晚上我会冲洗出来。你不会有头虱吧，我想。反正，你得拿这药水洗一下。你也没有疥疮吧？总之我要用刷子用硫磺皂给你刷一下。还有什么呢？蓬斯先生，过几天我再把他还给你，这样行吗？"

"很好。"

不好，这对我一点都不好：想到要单独和她呆在一起，我身上就起鸡皮疙瘩，又不敢说出来。于是我只好问：

"为什么您称他先生，我们则要叫'我父'？"

"我想怎么叫就怎么叫。蓬斯先生知道我最讨厌神父了，我打一出生就讨厌神父，一看见圣餐饼就想吐。我是药剂师！全比利时第一位女药剂师！第一位拿到文凭的！我上大学并懂得科学，所以'我父'……真见鬼去吧！再说了，蓬斯先生并不怪罪我。"

"对，"神父说，"我知道你是个好人。"

她低声嘟哝着，好像"好人"这个词让她感觉有点像女圣徒。

"我不是好人，我只是正直而已。我不喜欢神父，不喜欢犹太人,不喜欢德国人,但我不能容忍有人伤害孩子。"

"我知道您喜欢孩子。"

"不,我也不喜欢孩子。但他们好歹也是人。"

"那就是说,您热爱人类!"

"哦,蓬斯先生,别硬要我热爱什么东西吧!这可真是神父的语言,我不喜欢。我什么都不喜欢,也不喜欢人类。我的职业是个药剂师,就是说帮助别人维持生命。我只是在做我的工作,就这么简单。得了,快点,把地板上的东西给我挪开,我要把这小男孩安顿好,洗干净,给他做好身份证件,让人家别再和他过不去,真见鬼!"

她转过身,不愿继续这个话题。蓬斯神父弯腰凑近我,狡黠地笑笑:

"'真见鬼'在村里已经成了她的绰号。她比起她的上校父亲更敢说渎神的话。"

"真见鬼"给我端来吃的,支起一张床,用一种不容质疑的口气命令我睡觉。这天晚上我躺下后,忍不住越来越佩服这个把

"真见鬼"说得如此自然的女人。

我在吓唬人的马塞尔小姐身边过了好几天。每天晚上,当她结束白天在地窖上药房的工作后,就当着我的面,毫不避讳地辛苦制作我的假证件。

"我把你弄成六岁而不是七岁,你没意见吧?"

"我马上快八岁了。"我抗议道。

"所以你六岁,这样更谨慎。谁也不知道这场战争要持续多久。你成年得越晚,对你越有好处。"

当马塞尔小姐提一个问题时,根本没有必要回答她,因为她的问题只是提给自己的,她只等待自己的答案。

"你就说你的双亲已死,是自然死亡。对了,他们死于什么疾病呢?"

"肚子痛?"

"流感!一场爆发性流感。把你的故事给我背一遍。"

当涉及到重复她杜撰出来的东西时，马塞尔小姐突然会竖耳倾听。

"我叫约瑟夫·贝尔坦，我六岁。我出生在安特卫普，我父母去年冬天死于一场流感。"

"很不错，给，吃颗薄荷糖。"

当她满意时就会像驯兽人一样扔给我一块糖，而我要在空中接住。

蓬斯神父每天都来看望我们，并不隐瞒他很难找到一个接纳我的家庭。

"周围的农庄里，所有'靠得住'的人家都已经接纳了一到两个孩子。另外，还有一些人家犹豫不决，他们更愿意接受一个婴儿。而约瑟夫已经大了，七岁了。"

"我六岁，神父。"我嚷道。

为了表彰我的及时应对，马塞尔小姐往我嘴里扔了一颗糖，然后大声对神父说：

"如果您愿意的话，蓬斯先生，我可以去威胁那些犹豫不决的人家。"

"拿什么威胁?"

"真见鬼!如果他们不接受您的避难者,就不卖药给他们,让他们张着嘴巴等死好了!"

"不,马塞尔小姐,必须是别人自愿承担这个风险,他们会因为窝藏罪而冒进监狱的危险……"

马塞尔小姐围着我转了两圈:

"你愿不愿意成为蓬斯先生学校的寄宿生呢?"

我已经知道了没有必要回答,所以没有动,等着她继续说下去。

"把他带到您的黄别墅去,蓬斯先生。即使那里是别人搜查藏匿孩子第一个要去的地方,但是真见鬼,有我给他做的那些证件……"

"我拿什么给他吃呢?我向当局再也要不到一张多余的食品券了。黄别墅的孩子都营养不良,这您也是知道的。"

"嗯，没问题！村长今天晚上要到这里来打针，我来想办法。"

晚上，她摇下药店的金属卷帘门，发出一阵叽叽嘎嘎的响声，那声音吵得就像她炸翻了一辆坦克。马塞尔小姐到地窖来找我：

"约瑟夫，我可能要你帮一个忙。你能不能上来，然后呆在衣橱里不许出声？"

因为我没有回答，她急躁起来：

"我在问你话呢，真见鬼，你是聋了还是怎么的？"

"我很乐意帮忙。"

当门铃响起时，我躲进挂满衣服散发着樟脑味的衣橱。马塞尔小姐把村长迎到店里面，替他把华达呢大衣脱下，几乎扔到了我的鼻尖上。

"我越来越难搞到胰岛素了，凡·德默斯先生。"

"啊，时局越来越艰难了……"

"事实上，下周我就不能给您打针了。药用完了！断货了！没了！"

"我的上帝……那……我的糖尿病……"

"没办法，村长先生，除非……"

"除非什么？马塞尔小姐？我什么都可以答应。"

"除非您给一点食品供应券，我可以拿去换您的药。"

村长用紧张的声调回答道：

"这不可能……我会被监视的……村里的人口这几个星期一下子增加得太多了，您也知道这是怎么回事……我如果要求更多肯定要引起盖世太保的注意……我们大家都要倒霉……大家！"

"拿好这棉球，使劲按住针眼，更重一点！"

她在吓唬了村长后，又靠近我，隔着门缝轻声快速地对我说：

"掏他大衣口袋里的钥匙，铁的那串，不是包着皮的那串。"

我一下子没有反应过来，她也许猜到了，又咬着牙齿补充道：

"翻他的口袋,真见鬼!"

当我在黑暗中摸索那串钥匙时,她走过去帮村长包扎完。

当她的来访者走后,她把我从衣橱中放了出来,让我重新回到地窖,然后她冲进了夜色。

第二天一清早,蓬斯神父来向我们报告说:

"不得了了,马塞尔小姐,有人到村公所偷了食品供应券!"

她搓搓手:

"哦,是吗?他们怎么偷的?"

"小偷挑开了百叶窗,砸坏了一块玻璃。"

"哈,瞧,村长弄坏了他的村公所?"

"您想说什么?是他自己偷了……"

"不,是我,用了他的钥匙。但当我今天早上把钥匙放回他信箱时，我敢肯定他会制造被撬锁的假象，以避免遭怀疑。行了，蓬斯先生，拿着这叠食品供应券，归您了。"

尽管马塞尔小姐脾气不好，几乎不笑，但此时她眼睛里还是闪烁着快乐的光芒。

她推着我的肩膀：

"去吧，现在跟神父去吧！"

他们在准备我的行李和假证件时，我又温习了一遍我的故事。我在学生午餐时间到达了学校。

黄别墅就像卧在山坡上的一只巨型猫，猫爪就是那些石砌的台阶，一直延伸到嘴边，嘴就是那个以前刷成玫瑰色的入口，门口放着些破沙发就像是伸出的可疑舌头。楼上，眼睑似的两扇巨大椭圆形玻璃窗朝向院子，隔着栅栏和梧桐树观望着院子。屋顶有两个铸铁栏杆围起的斜顶阳台，让人想起猫的耳朵。而左侧的食堂就像一条盘起来的尾巴。

黄别墅其实只剩下"黄"这个名字了，一个世纪的风吹雨淋，外墙也早被孩子的皮球踢成了大花脸，就像在皮毛上剩下的一些斑斑驳驳的黄色。

"欢迎到黄别墅来，约瑟夫。"蓬斯神父对我说，"以后这里就是你的学校和你的家了。这里有三种学生：回家吃午饭的走读生，留在学校吃午饭的半寄宿生和吃住在这里的寄宿生。你，你就是寄宿生。我带你去寝室看你的床和柜子。"

我想着这些从未听说过的差别：走读生、半寄宿生、寄宿生。我觉得这很有趣，这不仅是一种分类，简直是一种等级。有点像小学生到大学生，中间是中学生。我自认为属于最高级别。前几天我被剥夺了贵族身份，很有些失望，所以非常高兴有人把我分在最高一级。

在寝室里，我为我的壁柜陶醉了半天，我还从来没有过属于自己的柜子呢。凝视着那些空空的搁板，我梦想着要在里面放好多好多我的宝贝，完全没去想我现在只有两张用过的旧电车票可以放进去。

"现在我要把你介绍给你的教父。黄别墅所有的寄宿生都受个头更高的孩子的保护。吕迪！"

蓬斯神父喊了几次"吕迪"没人理睬。学监们也跟着一起喊，然后是学生喊。最后在经过我感觉无法忍受的漫长时间后，在闹得学校上下乱哄哄后，那个叫吕迪的终于出现了。

蓬斯神父说要给我找个大个子教父，他没瞎说：吕迪高得望不到顶，高得让人感觉他吊在肩膀后面的某根绳子上，四肢就像悬在空中晃荡，软弱无力，没有关节。他的脑袋朝前轻轻晃动，仿佛沉得有点托不住。一头深棕色头发，太硬、太直，似乎满怀惊讶地站立在他的脑袋上。他慢慢往前走，似乎为自己的巨大个子深怀歉意，就像一头无精打采的恐龙在说："不用怕，我很友善，我只吃青草。"

"神父找我？"他用一种低沉但柔和的声音问道。

"吕迪，这是约瑟夫，你的教子。"

"噢，不，神父，这可不是个好主意。"

"你不能讨价还价。"

"这小男孩看上去不错……他不该受这待遇。"

"我委托你带他去参观整个学校，告诉他学校的规矩。"

"我？"

"因为你经常受纪律处罚，你应该比谁都清楚这些规矩。第二次响铃时，你把你的教子带到小班教室。"

蓬斯神父走了。吕迪把我看作一捆不得不背在身上的柴禾，叹了口气：

"你叫什么？"

"约瑟夫·贝尔坦，我六岁。我出生在安特卫普，我父母死于西班牙流感。"

他抬眼看着天：

"不要背书。等人家问你时才回答，如果你要让人家相信。"

我对自己的笨拙有些恼火，于是用起叙利夫人教我的办法，开始以攻为守：

"你为什么不愿意做我的教父？"

"因为我运气特别不好。如果扁豆里有一块小石子，肯定是在我碗里；如果一把椅子要垮掉，肯定是在我屁股底下垮；如果有一架飞机要掉下来，肯定是砸在我头上。我霉运不断，我带给人霉运。我出生的那天，我父亲丢了工作，我母亲开始哭泣。如果你交给我一棵植物，它肯定死掉；如果你借我一辆自行车，它肯定散架；我是死亡之手。当星星看着我的时候，也会颤抖；至于月亮，它会夹紧尾巴。我就是个彻头彻尾的灾难，霉到家的扫帚星，一个真正的'schlemazel'①。

他继续抱怨，越说越激动，声音从低沉变得尖细起来，我愈加听得笑弯了腰。最后我问道：

"这里有犹太人吗？"

他僵住了。

"犹太人？在黄别墅里！一个都没有！从来没有！为什么你问我这样的问题？"

他抓住我的肩膀，盯着我的脸。

"你是犹太人吗？约瑟夫。"

他狠狠地盯着我，我知道他在考验我的冷静。在他严厉的眼神后面，有某种哀求的神色："唉，就算给我一个漂亮的谎言吧。"

"不，我不是犹太人。"

他松弛下来，感到放心。我继续：

"而且，我都不知道犹太人是怎么回事。"

---

① schlemazel 源于意第绪语，意为倒霉蛋。

"我也不知道。"

"他们长得什么样呢，吕迪，那些犹太人？"

"鹰钩鼻子，眼睛突出，厚厚的下嘴唇，耳朵下垂。"

"听说他们长着蹄子而不是脚，屁股后面还有一根尾巴。"

"那要眼见为实，"吕迪严肃地说，"总之犹太人是目前人家要追捕的人，你不是犹太人，约瑟夫，那就太好了。"

"那你呢？你凑巧也不是犹太人，吕迪。但你还是要避免讲意第绪语。要用'倒霉蛋'代替'schlemazel'。"

他打了个冷战，我笑了。两个人都看穿了对方的秘密，现在我们可以成为同盟军了。为了巩固我们之间的盟约，他让我用手指、手掌和手臂，做了一个复杂的划圆动作，然后往地上啐了一口。

"跟我来参观黄别墅吧。"

他很自然地拉起我的小手，牵在他热乎乎的大手中，好像我们一直就是亲兄弟。他带我去发现这个我以后要度过好几年的地方。

"不管怎样，"他低声嘟哝道，"你不觉得我长了一副倒霉蛋的嘴脸？"

"如果你学会用梳子梳头，一切就会改变。"

"那我的怪相呢？你没看见我这副尊容？我的脚像小火轮，我的手就像捣衣杵。"

"那是因为它们比别的地方长得快，吕迪。"

"我疯长，长得太快了！树大招风！"

"一副高大的身材给人信任感。"

"是吗？"

"而且可以吸引女孩子。"

"哇，只有蠢到不行的倒霉蛋才会去干这种倒霉事！"

"你缺的并不是运气，吕迪。你少了一点脑子。"

就这样，在我们的友谊开始之初，我就成了我保护人的保护人。

第一个星期天,九点钟,蓬斯神父叫我到他的办公室去。

"约瑟夫,我很抱歉:我想让你与其他寄宿孩子一起去做弥撒。"

"好的。为什么您要抱歉呢?"

"这没让你意外吗?你要去的是一个基督教堂,不是犹太教堂。"

我向他解释我父母并不常去犹太教堂,我甚至怀疑他们也许并不信上帝。

"这不重要,"神父总结道,"随便你信什么,犹太人的上帝也好,基督徒的上帝也好,或者什么都不信。但在这里,你要表现得和别人一样。我们去村里的教堂。"

"不是去我们花园尽头的那个小教堂？"

"那里已经废弃不用了。再说，我要村里的人认得我羊群里的每一头羊。"

我奔回寝室做准备。为什么我对去做弥撒这么兴奋呢？肯定是我感觉到做一个基督徒有很多好处，能让我得到保护。更甚，让我变得正常。做犹太人，就目前来说，意味着父母没法抚养我，意味着必须换掉自己的姓氏，时刻控制自己的情绪并且撒谎。这有什么好处呢？我很愿意成为一个基督徒小孤儿。

我们穿着统一的蓝色袍子，按高矮排成两队下山去尚莱。我们唱着童子军歌，迈着整齐的步伐。路过每一幢房子，人家都会友好地看着我们，露出微笑，和我们热情打招呼。我们成了星期天的一道风景线：蓬斯神父的孤儿们。

只有马塞尔小姐站在药房的台阶上，看上去似乎随时准备咬人。当神父甩着袖子从她面前经过时，她又忍不住低声埋怨：

"又要带他们去听那些哄骗人的谎言，用子虚乌有去喂他们，用精神鸦片去毒害他们。你们以为这样就能安慰他们？实际上是毒药！尤其是宗教！"

"早上好，马塞尔小姐，"蓬斯神父微笑着回答，"您生气时看起来真漂亮，每个星期天都这样。"

她对神父的恭维吃了一惊，恼火地拉开门，躲进店里。拉得太急了，哐啷啷的响声几乎盖过了教堂的钟声。

我们的队伍穿过雕塑着令人不安的图案的门廊，我生平第一次进到一座基督教教堂。

吕迪已经告诉过我，我知道要把手指放到圣水里蘸一蘸，在胸口画一个十字，然后要在中间那个过道上快速弯曲一下膝盖，做个半蹲的动作。我被前面的人牵引着，又被后面的人推搡着，战战兢兢地等着轮到我，我去蘸圣水的时候，非常害怕会有愤怒的声音在四周响起："这孩子不是基督徒，让他出去！这是个犹太人！"但没有发生这样的事，水在我手指触碰到的时候，微微晃动了一下，浸润包裹了我的手指，清冽而纯净，受此鼓舞，我在胸口画了一个绝对对称的十字，然后像同伴那样曲了一下膝盖，再坐到长凳上去。

"我们现在来到了上帝的家里，"一个尖细的声音响起，"感谢您在自己家里接受我们，主。"

我抬起头：要说家，这确实是个家，可不是随便哪个人的家！

一座没有房门没有隔墙的房子，有彩绘玻璃的窗子，但却不能打开；有廊柱却派不上用场，还有拱形的天花板。为什么天花板是拱形的呢？而且要这么高？还没有吊灯。为什么大白天人们要在本堂神父周围点上蜡烛？我向四周扫了一眼，发现有足够的座位让我们每人都有座，但上帝会坐到哪儿呢？为什么三百多个人要在整齐的地砖上挤在一起，而四周还空出来好多地方，派什么用场呢？上帝在自己家里又是生活在哪里呢？

墙壁在微微颤动，这颤动变成音乐，管风琴在演奏。高音撩拨着我的耳朵，低音震动着我的屁股。旋律展开，雄浑而宽广。

就在那一瞬，我突然明白了一切：上帝就在那里，在我们的四周，在我们的头顶上，到处都在。就是他，那种晃动的空气，那种歌唱的气息，那种蹿到屋顶的气息，那种贴着穹顶拱起的气息，那就是他；那种浸润着彩绘玻璃的气息，那种闪亮的气息，那种发出没药、蜂蜡和百合花香甜味的气息，那就是他。

我感觉胸腔鼓胀，心潮澎湃。我贪婪地呼吸着上帝，几乎要晕厥过去。

仪式继续进行着。我什么都不懂，懒洋洋但又着迷地注视着仪式的进行。我努力去听神父讲话，但那些布道显然超过了我的智力水平。上帝先是一个，后来又变成两个，父亲和儿子；有时又变成三个：圣父、圣子和圣灵。谁又是圣灵呢？一个表兄吗？突然，更加糟糕：变成四个了！尚莱的本堂神父刚刚又加了个女人进去，圣母马利亚。我被上帝的这种快速繁殖搞得晕头转向，我放弃了这种七个家庭游戏①，开始关注那些唱诗，因为我也很喜欢唱歌。

当本堂神父宣布分发小圆圣饼时，我自动排到了队伍后面，但我的同伴拉住了我。

"你不能拿圣饼的，你还太小，还没受过洗礼呢。"

尽管有些失望，我还是松了口气，至少人家没找我是犹太人这样的借口，说明我的身份人家看不出来。

回到黄别墅后，我急着去找吕迪分享我的兴奋。因为我从来没有看过戏剧演出或音乐会，所以我把教堂仪式当成一场愉快的演出。吕迪友好地听我说完后，摇摇头说：

"其实你还没有看到最美丽的……"

"什么？"

---

① 一种考验记忆力的纸牌游戏。

他上楼从他的柜子里拿了什么东西,然后示意我跟他到花园里。我们躲在栗树底下,避开别人的耳目,盘腿坐在地上,然后他递给我一样东西。

那是一本麂皮封面的弥撒祷告文,那封面柔软得摸上去有一种不真实的感觉。书页的镀金切口,让人想起祭台的金饰,而那些丝绸的书签带又让人想到神父的绿色祭披。吕迪从书中拿出几张非常漂亮的卡片,画面都是同一个女人,尽管表情、发型、眼睛和头发的颜色有所不同。怎么知道是同一个女人呢?这可以从她头上的光晕和清澈的目光,从她难以置信的苍白脸色和扑粉的双颊,从她身上简洁的长袍,从那一种尊贵、高雅、宁静的气息中判断而来。

"这是谁?"

"圣母马利亚。耶稣的母亲,上帝的妻子。"

毫无疑问。她有那样神圣的气质,散发着神性的光芒。受这种光芒的影响,那些纸卡片看上去都不像是纸的,而像是奶油夹心蛋糕,耀眼的蛋白被打成雪花状,饰有鲜艳的蓝色和轻盈的玫瑰色花边,云彩一样的粉色,仿佛刚刚被黎明亲吻过。

"你认为这是金子的吗?"

"当然是。"

我用手指一遍遍抚摸着这宁静的头像,轻轻触摸那一层金色的光晕,抚摸马利亚的帽子。耶稣的母亲没有反对,让我这么抚摸着。

毫无征兆地,我的眼泪就涌了出来,泪珠落到地上。吕迪也哭了,我们把圣母卡片贴在胸口上,温柔地哭泣着。我们想到了自己的母亲,她现在在哪儿呢?此时此刻她能感受到马利亚的宁静吗?她脸上有没有这种垂怜了我们几千次,此刻我们在卡片上看到的慈爱?或者是忧伤、焦虑和绝望?

我透过摇曳的树枝看着天空哼起了摇篮曲,吕迪也用低八度的公鸭嗓音跟着我唱起来。就在这时,蓬斯神父发现了我们,两个对着纯洁的马利亚画像,哭泣着用意第绪语唱儿歌的孩子。

吕迪感到神父来了,拔腿就溜。他十六岁了,比我更害怕处于可笑的境地。蓬斯神父过来坐在我身边。

"你在这儿没有觉得不开心吧?"

"没有,神父。"

我咽下眼泪，使劲想让他高兴。

"我很喜欢做弥撒，我也很乐意这星期去上基督教入门课。"

"那不错。"他将信将疑地说道。

"我想以后，我也能成基督徒。"

他和善地看着我：

"你是犹太人，约瑟夫。即使你选择了我的宗教，你仍然是犹太人。"

"是犹太人，那到底是什么意思呢？"

"意味着被上帝选择。是几千年前被上帝选中的一个民族的后代。"

"他选择了我们，为什么呢？因为我们比其他民族更好或者更差？"

"都不是，你们并非有特别的长处也并非有特别的短处。就是落到你们头上了，就这样。"

"什么东西落到我们头上了？"

"一种使命，一种责任。向人类证明世上只有一个上帝，而通过这个上帝，让人类去尊重人类。"

"我感觉这事砸了，不是吗？"

神父没有回答，我又继续道：

"如果我们被选中，那是作为靶子，希特勒要我们的命。"

"也许就是因为这个缘故？因为你们是他野蛮行径的一种障碍，这就是上帝给你们的独特使命。你知道吗？希特勒不仅要消灭你们这个种族，他也要肃清基督徒。"

"他做不到，有这么多人！"

"他暂时被阻止了。他在奥地利试过，不过很快就中止了，但这是他计划的一部分，先是犹太人，然后是基督徒。他从攻击你们开始，到攻击我们结束。"

我明白了这种共同的命运是神父帮助我们的动力，而不仅仅是出于善良。这让我稍稍放心，我又想到了叙利伯爵和伯爵夫人。

"告诉我,神父,如果我是一个几千年来受人尊敬的民族的后裔,那说明我是贵族?"

他感到很意外,顿了顿,喃喃道:

"当然了,你是贵族。"

"我也是这么感觉的。"

我的直觉被证实,让我感到放心。但蓬斯神父继续道:

"对我来说,所有人都是贵族。"

为了保持我刚才得到的那份满足,我故意忽略了他的补充。

临走时,他拍拍我的肩膀说:

"我的话也许会让你感到吃惊,但我不希望你对基督教启蒙课及那些宗教仪式太感兴趣。满足于最低限度,你愿意吗?"

他走远了,把我扔在那里生闷气。那就是说,因为我是犹太人,就没有进入正常世界的权利?人们只是用指尖挑了一点给我,而我不应该自己去获取!天主教教徒只想保持他们自己的圈子，一群虚伪的人，骗子！

我气坏了，找到吕迪，把我对神父的愤怒一股脑倒出来。他没有劝慰我，倒是鼓励我和神父保持距离。

"你有理由保持警惕。他有点捉摸不透，这家伙。我发现他有一个秘密。"

"什么秘密？"

"另一种生活，一种偷偷摸摸的生活，肯定是见不得人的事。"

"什么？"

"不，我什么都不该说。"

我缠住吕迪不放，一直到晚上，他实在被我缠不过，终于告诉我他的发现。

每天晚上，寝室关门熄灯后，蓬斯神父总要无声地走下楼梯，像小偷那样小心翼翼地打开后门，进到学校的花园，然后要过两三个小时再回来。在他出去的这一段时间，他让自己房间的灯亮着，让人以为他就在里面。

吕迪是逃出寝室到洗手间去偷偷抽烟时，发现并核实了神父的这种来往行踪。

"他去哪里呢？"

"我也不知道，我们不可以离开别墅的。"

"我要去跟踪他。"

"你，你才六岁！"

"其实是七岁，马上就要八岁了。"

"你会被开除的！"

"你以为人家会把我送回家里去？"

尽管吕迪大声叫喊拒绝做我的同谋，我还是硬从他那里夺来手表，并迫不及待地等待夜色降临，甚至都不觉得困倦了。

晚上九点半一到,我猫腰从床铺间的空隙蹿到走廊,躲在一个大火炉后。我看见蓬斯神父贴着墙壁,无声地走下楼梯。

他用一种令人吃惊的速度敏捷地打开后门的圆形大锁,溜了出去。我紧跟在后面,为了推开门时不发出响声,我耽误了一会,差点跟丢了他在树丛里闪过的削瘦身影。这真是同一个人吗?那个高尚的孩子们的救星,和眼前这个在朦胧月色下像狼一样灵巧绕开树枝树根、匆忙行走的人?而我也在这个树林里,赤脚跟在他后面。我担心跟不上他,更害怕他会就此消失,因为他今晚看上去就像个用上了最奇怪魔法的不祥生物。

他到花园尽头的林中空地上慢了下来,花园的围墙高高耸立,只有一个出口,就在废弃的小教堂边上。一扇低矮的铁门正对着外面的路。对我来说,跟踪就到此为止了。我无论如何不敢穿着睡衣,光着冻僵的脚,走进黑暗的陌生乡村去跟踪他。但他走近小教堂,从袍子里掏出一把特大的钥匙打开门,进去关上门后又用钥匙转了两圈。

难道这就是蓬斯神父的谜底?他要一个人在夜里,在花园深处,默默地祈祷?我很失望,还有比这更无趣、更不浪漫的事吗?我冷得发抖,脚趾湿漉漉的,我只想回去。

突然锁着的门咔嗒一声,一个从外面来的人闯入围墙,身上背了个袋子。他毫不迟疑径直走到了小教堂,在门上有节奏地轻轻拍了几下。很显然那是个接头暗号。

神父打开门,和来者低声交谈了几句,接过袋子然后重新锁上了门。来者很快离开了。

我躲在一棵树干后面惊呆了,神父在那里走私什么呢?袋子里装的是什么呢?我靠着橡树坐在青苔上,决定等他们的下一次交货。

深夜的宁静中从各处传来些爆裂声,仿佛有焦虑不安的火焰慢慢焚烤,时不时有一些没来由的、短促的噼啪声,然后没了下文。就像一种无可言状的抱怨和无声的痛苦此起彼伏。我的心跳得太快了,脑袋上像被箍了一把铁钳,我的恐惧以发烧的形式呈现。

唯一让我感觉安心的东西是那只手表的滴答声,在我手腕上不受干扰地友好地走着。吕迪的手表可不会被黑暗震住,它继续测量着时间。

午夜时分,神父从教堂出来,小心扣上门,重新朝黄别墅方向走去。

我几乎想在半路上拦住他,但他在树丛中走得太快,我实在太精疲力尽了,没来得及拦住他。

回去的时候,我没来的时候那么小心翼翼,折断了好几根树枝。每次发出轻微响声的时候,神父都要担心地停下来,在黑暗中朝四周看看。到了黄别墅前,他一下子就钻了进去,咔嗒把门锁上了。

我就这样被关在宿舍的门外了,这可是我没有预料到的。那房子直挺挺地、结结实实地、黑黢黢地矗立在我面前。寒冷和盯梢已让我精疲力竭。我该怎么办呢?先不说第二天人家会发现我在外面过了一夜,我现在该到哪里去睡觉呢?明天我这条小命还在吗?

我坐在台阶上哭起来,至少这让我感到暖和一点。悲伤让我做出一个决定:死!最有尊严的事就是去死,现在,马上。

一只手按在我肩膀上。

"来,快点进来!"

我本能地跳起来,吕迪有点忧伤地睨视着我。

"我没看到你跟在神父后面上楼,就知道你遇到麻烦了。"

尽管他是我的保护人,尽管他身高两米,尽管我为了保持威严,老是把他的日子搞得不太好过,但现在我却一下子扑到他怀里,在掉眼泪的时候,我承认自己只有七岁。

第二天课间休息时,我把昨天夜里的发现一股脑告诉吕迪。他摆出一副很懂行的样子,判断道:

"黑市呗!跟其他人一样,他也进行黑市交易,没别的。"

"他的袋子里装的是什么呢?"

"肯定是吃的东西啦!"

"那为什么他不把袋子带到这里来?"

吕迪有点被这个问题难住了,我继续道:

"他为什么要在小教堂里呆上两个小时,没一点灯光?他在做什么呢?"

吕迪手指插进头发使劲挠头皮：

"我不知道……我……也许他在吃袋子里的东西！"

"蓬斯神父吃两小时的东西，吃这么一大口袋东西，还这么瘦？你相信你自己说的话么？"

"不相信。"

白天的时候，只要一有机会，我就观察蓬斯神父。他掩藏着什么秘密呢？他装着完全正常的样子简直让我感到恐惧。他怎么能伪装得如此若无其事？人怎么可以这样改变自如？多么可怕的双面人！他是不是一个穿着圣袍的魔鬼呢？

吃完饭之前，吕迪兴高采烈地跑来找我。

"我找到答案了：他参加了抵抗组织。那个废弃的小教堂里肯定藏着一台发报机。每天晚上他接收一些消息然后转发出去。"

"有道理！"

我马上就喜欢上这个想法，因为它恢复了我心目中对蓬斯神父的看法，拯救了那个到叙利家来接走我的英雄形象。

黄昏时，蓬斯神父在院子里组织了一次官兵捉强盗的游戏。我放弃参加，好在一边更好地欣赏他，在一群在他的保护下免遭纳粹毒手的孩子中间，他是那么轻松和善、亲切有趣，根本看不出他身上有什么魔鬼化的地方，唯有善良彰显，这是显而易见的。

后来的几天我睡得好了些，因为自从我来到寄宿学校，晚上就一直担惊受怕。睡在我的小铁床冰冷的床单上，仰望压抑的天花板，身底下的床垫又窄又硌人，尽管和三十个同伴、一个学监共享一间屋，我却感到从未有过的孤独。我害怕睡着，努力不让自己睡过去，在我苦苦对抗瞌睡虫的时候，我不喜欢周遭。不，更糟，简直是讨厌。说穿了，我不过是一块破抹布，一只跳蚤，比一堆牛粪还不如。我粗暴对待自己，我自虐，自己诅咒自己："如果你再这样下去，你得把最漂亮的玻璃弹子，玛瑙红的那个，送给你最鄙视的男孩子，对了，给那个费尔南！"然而，即使我这么赌咒发誓，我还是没忍住……我预防措施做得再好，早晨醒来的时候，还是感觉屁股贴在一堆热乎乎、潮漉漉的地方，有一股刚刚收割的青草的气味。开始的时候我有些喜欢这种热乎乎的感觉和青草的气味，我甚至还快乐地在上面打了个滚。直到我清醒过来，坏了，我又一次尿床了！尤其让我感到丢脸的是，我好几年前就不尿床了，而黄别墅又让我活回去了，我不明白这是怎么回事。

有几个晚上，当我把头贴在枕头上快要睡着时，也许是想到了蓬斯神父的英雄事迹，我成功地控制住了我的膀胱。

一个星期天下午，吕迪一脸神秘兮兮地跑来找我：

"我有钥匙了……"

"什么钥匙？"

"当然是小教堂的钥匙。"

我们终于可以去证实我们心目中英雄的行为了。

几分钟后，我们喘着粗气，十分兴奋地钻进了小教堂。

那里是空的。

没有长凳，没有神像，没有祭台。什么都没有，空空的石灰墙和沾满灰尘的地砖。干死的蜘蛛困在自己结的网中。什么都没有，一座毫无用处的旧建筑。

我们不敢相互对视，都怕从对方眼睛里证实自己的失望。

"爬到钟楼上去吧,如果有电台的话,一定是在高处。"

我们沿着螺旋楼梯爬上去,上面等待我们的只有一堆鸽子粪。

"这怎么可能呢!"

吕迪跺着脚,他的假设彻底破灭了。神父让我们捉摸不透,我们无法撩开他的神秘面纱。

对我来说更严重的是,我再也不能说服自己他是个英雄。

"回家。"

我们穿过树林回去的路上,满脑子都被这个问题困扰着:神父每天晚上在黑暗中面对空空的四壁,在做些什么呢?我们没说一句话。我的决心已下,我一天都不能等了,一定要去解开这个谜底,尤其是我面临要重新尿湿床垫子的风险。

夜里,万物沉睡,死一样的静寂。

九点半,我就守候在黄别墅的楼梯边,这次我比上回武装得好多了,脖子上围了一根围巾,鞋底包上我从修理间偷来的破毡,这样走路时可以不发出响声。

一个黑影从楼梯上走下来，潜入花园，那里一片漆黑，什么都看不见。一到小教堂，我就从林中空地冲过去，照着那个秘密暗号，在门上拍了几下。

门打开一条缝，没等对方反应过来，我一下就闪了进去。

"可是……"

神父没来得及认出我，只是他发现这身影要比平时矮小得多。他本能地在我身后关上了门。我们两个就在黑暗中这么对峙着，看不清对方的表情和五官轮廓。

"谁在那？"神父喊道。

我被自己的大胆惊呆了，吓得一句话都说不出。

"谁在那？"神父重复道，这次语调里带着威胁。

我只想逃走。一阵擦火柴的声音，一束火光亮起，映照出神父紧张、扭曲而可怕的脸。我后退几步，火光凑上前。

"什么？是你，约瑟夫？"

"是我。"

"你怎么敢离开黄别墅？"

"我想知道您在这里干什么？"

我一口气把我的怀疑猜测，我的跟踪，我的疑惑，空教堂等一股脑倒出。

"立即回寝室去。"

"不。"

"你要听话。"

"不，如果您不告诉我您在干什么，我就大声叫喊。您的同党就会知道您不够谨慎。"

"这是恐吓，约瑟夫。"

就在这时，敲门声响起，我闭上嘴。神父打开门，探出头，秘密交谈几句后，他接过一个袋子。

当那个秘密送货员离开后，我说道：

"您看见了，我没出声，我和您一伙，而不是反对您。"

"我不能容忍密探，约瑟夫。"

遮住月亮的云被一阵风吹开，蓝色的月光洒到室内，把我们的脸照成了灰白色。我突然发现他太瘦太高了，活像用炭灰在墙上画出的一个大大问号，几乎就是纳粹在我们街区张贴的犹太坏蛋的漫画，显露着焦躁不安的神情。神父笑了：

"既然这样，跟我来吧！"

他牵着我的手来到教堂左侧，移开一块硬邦邦脏兮兮的地毯，一个铁圆环露了出来，神父拉起铁环，一块盖板打开了。

一道台阶通往黑黢黢的地下，第一个台阶上搁着一盏油灯，神父点亮油灯，慢慢钻到地下室，并示意我跟上。

"在一座教堂底下会有什么？我的小约瑟夫？"

"一个地窖？"

"地下墓室。"

我们走到最后一级台阶，一股蘑菇样的新鲜气味从深处飘来。泥土的气息？

"我的地室里会有什么？"

"我不知道。"

"一座犹太教堂。"

他点上一根蜡烛，我发现了蓬斯神父布置的一个秘密犹太小教堂。在一块布满刺绣的幔布下，他收藏了一卷《摩西五经》的羊皮卷，长长的羊皮纸上写满了神圣的经文。一张耶路撒冷的照片，标记着需要转身祷告的方向，因为只有通过这座城市，祷告才可能上达到上帝。

我们身后的架子上堆了很多东西。

"这都是些什么？"

"我的收藏品。"

他指着祷告书，神秘诗集，拉比的评论集，七个或九个枝杈的烛台。一架留声机边上是一沓黑胶唱片。

"这是什么，这些唱片？"

"祷告用的音乐，是一些意第绪语歌曲。你知道谁是人类历史上的第一个收藏家吗，小约瑟夫？"

"我不知道！"

"是诺亚。"

"我不认识。"

"很久很久以前，暴雨肆虐，大水冲垮了屋顶，推倒了墙壁，冲毁了桥梁，淹没了道路，河水泛滥。巨大的洪流卷走了村庄和城市，幸存的人们躲到山顶上避难。最初还算安全，但在雨水浸泡下，山体开始断裂滑坡。有一个叫诺亚的人预感到我们的地球将被大水完全淹没，所以他就开始收藏行动，在儿女们的帮助下收集每种生物雌雄各一对。一只雄狐狸配一只雌狐狸；一头雄虎配一头雌虎；一只雄野鸭配一只雌野鸭；一对蜘蛛，一对鸵鸟，一双蛇……他只是不去管鱼和水中的哺乳动物，它们自己会在日益壮大的海洋中繁衍生息。同时，他又造了一艘巨大的木船，当水快将他淹没时，他把收集的所有动物和幸存的人都载到大船上。诺亚的方舟在大水淹没的茫茫大地上漫无目的地飘荡了好几个月。然后大雨停了，潮水慢慢下降。诺亚担心再也不能养活他船上的居民，他放出一只白鸽，鸽子回来时嘴里衔了一片新鲜的橄榄叶，表明山脊终于露出了水面。他明白他赢了这场疯狂的赌局：救下了上帝创造的所有生物。"

"为什么上帝自己不去救他们？他什么都不管？他去度假了吗？"

"上帝一劳永逸地创造了世界。他赋予了人类智慧和本能，让我们可以不靠他而自己解困。"

"诺亚是您的榜样吗？"

"对，像他一样，我也收藏。我的孩提时代是在比利时殖民地刚果度过的，我父亲在那里当公务员。白人是如此欺凌黑人，于是我着手收集当地原住民的一些物品。"

"那些东西在哪儿？"

"在那慕尔①博物馆。今天多亏了那些画家，这成为了一种时尚：人家称为'黑人艺术'。眼下我正在进行两个收藏：吉卜赛人和犹太人的物品收藏。收藏所有希特勒想消灭的东西。"

"把希特勒干掉不是更好吗？"

他没有回答我，把我领到一大堆书前：

"每天晚上，我躲起来思考犹太人的这些典籍。白天我在办公室学习希伯来语。万一……"

"万一什么？"

"如果大洪水继续下去，如果天下会讲希伯来语的犹太人一个不剩了，我还可以教你希伯来语，然后你再传下去。"

我点点头。对我来说，在这深夜时分，有着奇妙装饰的地室仿佛是阿里巴巴藏宝的山洞，在烛光下摇曳，如幻似真。我热诚地宣称道：

"那就是说您像诺亚，我就像您的儿子！"

①比利时中部城市。

他很激动，在我面前跪了下来。我感觉他想亲吻我，又不敢。这种感觉真好。

"我们达成一个协议，你愿意吗？约瑟夫，你假装是基督徒，我呢，我假装是犹太人。你去做弥撒，去上启蒙课，从《新约》中去了解耶稣的故事。至于我，我给你讲《摩西五经》《密西拿》《塔木德》的内容，我们一起画希伯来字母，你愿意吗？"

"太棒了！"

"这是我们的秘密，最伟大的秘密。我们要是背叛这秘密，就不得好死。发誓？"

"发誓。"

我做了一遍吕迪教我的发誓用的复杂动作，还朝地上吐了口口水。

从这天晚上起，我有权和蓬斯神父一起过上秘密的双重生活。我向吕迪隐瞒了我每天晚上的外出，设法让他少关注神父的异常举动。我把他的注意力引向那个厨房女帮手罗莎身上。那是个漂亮而又漫不经心的十六岁金发姑娘，帮着管理总务。我故意说每当吕迪没在看她的时候，她就会盯着他看。吕迪很快一头扎进我的陷阱,被罗莎勾了魂。他很喜欢为这场单相思唉声叹气。

而这段时间,我学习了希伯来语的 22 个辅音和 12 个原音。而且我发现了在公开的表象之下,指导这所寄宿学校的真正训诫。蓬斯神父在校规上耍了个小花招,让我们也能遵守安息日:星期六的休息是必须的,我们只能在星期天晚上做过晚祷课后才能做作业和学习课文。

"对犹太教徒来说,每星期从星期天开始。对基督徒来说,一星期从星期一开始。"

"怎么会是这样呢?神父?"

"——在《圣经》里——不管是犹太教徒还是基督教徒都要阅读的《圣经》里面说道,当上帝创造世界的时候,工作了六天,休息了一天。我们得模仿他。犹太人认为这第七天就是星期六,而后来,基督徒为了与不承认耶稣就是救世主的犹太教徒有所区分,就把星期天定为第七天。"

"谁说得对呢?"

"这重要吗?"

"上帝不能告诉人类他是怎么想的吗？"

"重要的并不是上帝怎么看待世人，而是世人怎么看待上帝。"

"嗯……我看到的就是，上帝，他干了六天活，以后就什么也没干过！"

当我愤愤不平时，神父大笑起来。我永远都在设法减少这两种宗教的差异，想让它们合二为一，但他总是阻拦我把它们简单化。

"约瑟夫，你想知道这两个宗教中哪一个是真的吧，其实哪个都不是！一种宗教既不真也不假，它只是提供了一种生活方式。"

"如果宗教不是真的，您怎么让我去尊重它们呢？"

"如果你只尊重真实，那你能遵守的东西还真不多。2+2=4，这大概是你唯一能尊重的事情。除了这个，你要面临的都是些不确定的因素：比如感情、准则、价值观、选择等等，所有这些脆弱而多变的事物，并不像数学那么精确。尊重并非针对被证实了的真理，而是要针对存在着的事物。"

十二月份时，神父采用了双重手法，好让我们同时庆祝基督教的圣诞节和犹太教的光明节，只有犹太孩子明了这种双重含义。我们一边装扮村里耶稣出生时的马槽，参加弥撒；另一边我们参加一个"蜡烛作坊"，学着准备灯芯，融化蜡烛，着色和浇铸烛台。晚上我们把杰作面向窗户排好，点燃蜡烛。对基督教孩子来说，这是他们辛勤工作的回报，而犹太教孩子则偷偷地完成了光明节仪式。光明节是光亮的仪式，是一个做游戏和互赠礼物的节日，并要在黄昏时点上蜡烛。我们这些犹太孩子……黄别墅里一共有几个呢？谁是？除了神父，恐怕没有人知道。每当我怀疑某个同伴是犹太人时，我不允许自己继续深究。谎言和接受谎言，我们以这种方式向大家致意。

1943 年，警察好几次突然闯入黄别墅，每次总有一个年级的学生接受证件检查。我们的证件不管是真是假，还都管用。对我们壁柜的例行检查也没任何收获，没人被捕。

然而神父还是很担心。

"眼下来的只是比利时警察，我认识这些家伙，至少，认识他们父母。他们看到我，还是不敢太过分。但我听说盖世太保会进行突击检查……"

尽管如此，每次风声过后，生活仍在继续。我们吃不饱，吃得也很差：橡子面、土豆、漂着几片萝卜的汤，冒热气的牛奶就算是甜点了。每当某个人收到邮递员送来的包裹，我们这些寄宿生就会撬开他的橱柜，这样我们有时会找到一盒蛋糕，一瓶果酱或蜂蜜，这时就得以最快的速度吞下肚去，免得再被人偷走。

春天的时候，有一次神父在他锁了双保险门的办公室给我上希伯来语课，但他不能集中注意力，皱着眉头，甚至都没有听见我的提问。

"您怎么了，神父？"

"领圣体的时节快到了，约瑟夫，我很担心。到了年龄的犹太寄宿生和基督徒学生一起领圣体，那是万万不可的。无论是从他们还是从我的宗教角度，我都没有这个权力，这是亵渎神灵的。我该怎么办呢？"

我毫不迟疑道：

"去找马塞尔小姐。"

"你为什么这么说？"

"如果有谁愿意阻挠领圣体仪式的话,一定是'真见鬼',不是么?"

听到我的建议,他笑了。

第二天我被允许陪他一起去尚莱药店。

"他多可爱啊,这小家伙。"马塞尔小姐看到我时嘟哝道,"注意,接住了!"

她朝我嘴里扔了一颗蜜糖。

我在咂巴糖果滋味的时候,神父向她说明来意。

"真见鬼,没问题,蓬斯先生,我可以助一臂之力。他们一共是几个?"

"十二个。"

"您只需借口他们都病了,哗啦,全住进医务室。"

神父沉吟了一下:

"人家会注意到他们的缺席,这就暴露了。"

"如果是得了流行病就不会暴露了……"

"即使这样,人家还是会起疑心。"

"那就再加进一两个他们不会起疑心的男孩。对了,比如村长的儿子。还有,布罗加尔家的儿子,这些混蛋把希特勒的照片挂在他们奶酪店的橱窗里。"

"这当然好!可是没法让十四个男孩说病就病啊……"

"得得……我会想办法。"

"真见鬼"会想什么办法呢?她借口一次卫生检查来到医务室,检查了那些申请领圣体的孩子。两天后,村长的儿子和布罗加尔家的儿子腹痛腹泻得厉害,不得不在家里卧床休息,不能到学校上课。"真见鬼"给神父详细描述了他们的症状,让十二个应该领圣体的犹太孩子依葫芦画瓢。

领圣体仪式定在第二天。他们让十二个假病人在医务室住了三天。

仪式在尚莱教堂举行。那是一场庄严盛大的典礼，管风琴比任何时候都洪亮。我羡慕那些身穿白色长袍参加如此盛典的同伴，在心里暗暗发誓总有一天我要同他们一样。蓬斯神父白教我《摩西五经》了，没什么能像天主教仪式那样令我感动：那种金碧辉煌，那种排场，那些音乐，那个浮在空中、贴着天花板关切注视着我们的万能上帝。

我们回到黄别墅饱餐了一顿粗茶淡饭的晚宴，但对我们这些经常吃不饱的孩子来说，已经极其丰盛。我吃惊地发现马塞尔小姐出现在大厅，神父看见她后，就同她一起消失在他的办公室。

当天晚上我听神父说我们险些遭到一场浩劫。

领圣体仪式正在进行时，盖世太保突然闯入学校。纳粹分子的想法显然和神父一样：到了年龄而没去领圣体的孩子很可能就是犹太人。

幸亏马塞尔小姐守在医务室。当纳粹从空荡荡的宿舍冲到底楼时，用她自己的话来说，她开始用一种"令人作呕的方式"又是咳嗽又是吐痰。从奇丑的马塞尔小姐平时带给人的感受，我们能想象出她夸张时带给人的鸡皮疙瘩。她没有违抗他们的命令，打开了医务室的门，并警告他们这些孩子传染性很强。说这话时还忍不住打了个喷嚏，唾沫不小心飞到了纳粹脸上。

那几个盖世太保心惊肉跳地抹了把脸,转身匆匆离开了寄宿学校。等那些黑色汽车开走后,马塞尔小姐在医务室的一张床上笑弯了腰,整整笑了两个小时。据我同伴说,这种大笑开始显得有点可怕,但很快就感染了所有人。

尽管没露出任何破绽,但我还是感觉蓬斯神父越来越担忧。

"我担心他们来个身体搜查,约瑟夫。如果纳粹要你们脱衣服检查你们的割礼,我该怎么办啊?"

我点头做了个怪相,表示我同意他的担心。实际上我并不明白他在对我讲什么。割礼?我去问吕迪时,他咯咯傻笑起来,就像他每次讲到那个漂亮的朵拉时发出的笑声,仿佛他在自己胸口上拍打一口袋核桃。

"你开玩笑吧,你不知道割礼是怎么回事?你不会连自己做过都不知道吧?"

"什么?"

"割礼呀!"

这样的谈话我可不喜欢,我身上好像又有什么我不知道的特别东西，仿佛做了犹太人还不够！

"你的小鸡鸡，头上的包皮是不是一直包到头？"

"当然不是。"

"嗯，可是那些基督徒，他们的包皮一直包到最下面，看不到那个圆圆的龟头。"

"像狗那样的？"

"对，完全和狗一样。"

"哦，那就是说我们真的属于另一种完全不同的种族？"

这个消息让我崩溃，我想成为基督徒的希望彻底化为泡影，就是因为那块谁也看不见的皮肤，我注定只能一直做犹太人。

"不是，傻瓜，"吕迪回答道，"这不是天生的，这是一种外科手术，是在你出生几天后做的，由拉比来做。"

"为什么啊？"

"为了让你和你父亲一样。"

"为什么?"

"因为几千年来都是这样的!"

"为什么?"

这个发现让我钻到了牛角尖里。当天晚上我躲起来花了好长时间研究我那有着玫瑰色柔软皮肤的小鸡鸡,并没有发现特别之处,我不能想象别人会有什么不同。之后几天,为了证实吕迪没有骗我,课间,我守在院子的厕所里,不停地在水池洗手,眼睛瞟着我的同伴们在便池前把小鸡鸡掏出来、塞进去。我马上发现吕迪没骗我。

"吕迪,这很可笑!基督徒,他们小鸡鸡头上是一层薄薄的皮,还有皱褶,就像气球扎口处的样子。还不止这些,他们撒尿的时间好像比我们要长,最后还要抖动几下小鸡鸡,好像对它有仇似的。他们是在自我惩罚?"

"不,他们是为了把残留的尿抖落干净了,再塞回裤子。他们保持干净要比我们难一些,如果他们不小心的话,会感染细菌,会发炎,流脓胀痛。"

"但人家要追杀的却是我们,你能搞得懂吗?"

但是,我明白了蓬斯神父的担忧。我发现每周洗澡时有一个不易察觉的规律:蓬斯神父制定了一份名单,由他自己亲自喊名字,十名学生一组,各种年龄混在一起,从更衣室脱光衣服到水龙头下,都由他亲自监督。每一组都只有一类孩子,非犹太孩子从没机会观察到犹太孩子的裸体,反之亦然。同时严禁在别的场合暴露身体,那是要受罚的。就这样,我很容易就猜到谁是藏在黄别墅的犹太孩子。从那天起,我得出结论并养成一个习惯,每次关上小间的门撒尿而不去公共便池。我甚至还想努力纠正那个让我致残的手术:独自一人时我使劲拉扯小鸡鸡的皮肤,想使它恢复出生时的样子,包住我的龟头,但是没用!我粗暴地拉扯,但每次一松手,它又缩回去,到目前为止,一点改变都没有。

"如果盖世太保要你们脱衣服,该怎么办呢?约瑟夫。"

为什么蓬斯神父要向寄宿生中最年幼的这个倾吐心迹?是不是他觉得我比别人聪明?是不是他需要打破沉默?是不是他难以独自承受这样的焦虑?

"唉,约瑟夫,如果盖世太保硬要你们脱裤子,该怎么办呢?"

答案就在 1943 年 8 月出现了,差点让我们所有人都完蛋。学校表面上已经放暑假,但实际上已经成了一个夏令营。那些没有接待家庭的孩子仍然需要吃住在学校,直到下学期开学。我们这些弃儿,反倒有一点小皇帝的感觉:黄别墅是我们的天下,果实挂满枝头的季节也缓解了一点我们的饥饿。在几名年轻神学院学生的协助下,蓬斯神父全身心扑在我们身上。我们一会儿去远足,一会儿开篝火晚会,一会儿踢球,晚上还在操场上扯起白布看夏洛特的电影。尽管我们对学监还是很谨慎,我们之间却不用再相互提防,大家都是犹太人。为了感激神父,可以看到我们在上唯一继续的一门课——基督教启蒙课时,是如何精神抖擞。我们是多么满怀热情地唱圣诗,在多雨的早晨多么陶醉于制作圣诞节装扮马槽用的小泥人。

有一天一场足球赛后,人人都汗流浃背,神父命令大家立即去洗澡。

大孩子们洗完了,中班的孩子也洗完了,只剩下我在的那组小孩子。

那名德国军官闯到更衣室时,我们二十来个孩子正在莲蓬头清凉的水花下嬉戏、打闹。

金发的军官走了进来,孩子们全愣住了,立即鸦雀无声。蓬斯神父的脸比白瓷砖还白，一切都凝固了，只有莲蓬头的水花还在无忧无虑地继续洒向我们。

军官扫视着我们。出于本能，有些孩子用手捂住了私处，一种出于羞怯感的自然反应，但已经慢了一拍，被看成是一种掩饰。

水在流淌着，静默也渗出了大滴的汗珠。

军官很快识破了我们的身份，他瞳孔里一闪而过的光芒表示他正在沉思。神父上前一步用惊慌的语调问道：

"您找什么？"

军官用法语介绍了一下形势。他的部队今天早晨一直在搜捕一名抵抗分子，他逃跑时跳进了这里的围墙。所以他们来此搜查看潜入者是否藏身于此。

"您看，您的逃犯没在这里。"蓬斯神父说。

"确实，我看得很清楚。"军官缓缓说道。

又是一阵沉重可怕到令人窒息的沉默。我感到末日就要来临，再过几秒钟，我们就要赤身裸体、屈辱地排着队，被赶到一辆卡车上,不知会被运到哪里。

这时外面响起一阵脚步声,靴子的掌钉踩在石阶路上发出刺耳的响声,还有喉音很重的叫喊声。

穿灰绿色军服的军官朝大门走去,拉开门:

"他没在这里,到别处去找找。快点!"

门又关上,队伍走远了。

军官望着嘴唇直哆嗦的神父。有几个孩子开始哭泣,我牙齿直打架。

最初我以为军官在腰间掏他的手枪,实际上他掏出的却是钱包。

"给,"他拿了一张钞票递给蓬斯神父,"您去给孩子们买点糖吃。"

由于蓬斯神父呆立在那里,没有回过神,军官朝神父手里使劲塞了一张五法朗的票子,朝我们微笑着眨眨眼睛,转身走了。

他走后沉寂又持续了多久？我们需要多少分钟才回过神来我们得救了？有些孩子继续哭泣，因为还心有余悸；有些愣在那里，一动不动；有些眨巴着眼睛仿佛在问："你相信这是真的吗？你信吗？"

蓬斯神父脸色蜡黄，嘴唇发白，突然倒下，双膝跪在湿漉漉的水泥地上，身子前后晃动着，嘴里念念有词，两眼发直，非常可怕。我冲向他，把他搂在我湿漉漉的胸口，一个保护者的动作，就像我对吕迪做的那样。

于是我听到他一遍遍重复着：

"感谢上帝，感谢上帝，为了我的孩子们，谢谢了。"

然后，他转向我，仿佛刚刚才发现我，忍不住在我怀里抽泣起来。

有些剧烈的情绪，不管是喜怒哀乐，会把我们击倒。神父石头落地的激动情绪很快传染了我们，几秒钟后十二个蚯蚓般赤条条的犹太孩子和一个穿长袍的神父抱作一团，浑身湿透，处在崩溃的边缘，又哭又笑。

快乐持续了好几天，神父的脸上总是挂着笑容。他向我承认，从此事中，他重新找回了一点信心。

"您真的认为是上帝帮了我们吗？神父。"

我趁上希伯来语课的机会，提出了一直折磨我的问题。神父慈爱地凝视着我：

"坦率地说，不是，小约瑟夫。上帝不插手这些事。如果说自从那个德国军官的反应，我感觉舒畅了许多，那是因为我对人类重新获得了一点信心。"

"我觉得那是因为您，上帝看到了您的好心。"

"别说傻话。"

"您难道不相信如果我们表现得很虔诚，做个好的犹太教徒或好的基督徒，我们就能平安无事？"

"你哪来这么愚蠢的念头？"

"基督教启蒙课，博尼法斯神父说的。"

"打住，危险的蠢话！人类相互制造痛苦，而上帝是不插手这些事的。他创造了自由的人类,所以我们哭或者我们笑,完全取决于我们的品德或者我们的弱点。你想让上帝扮演怎样可怕的角色?你能有一秒钟想象那些逃过纳粹魔爪的孩子是上帝所爱,而那些被抓起来的孩子是上帝所厌?上帝不插手我们之间的事。"

"您是不是想说,不管发生什么事,上帝才不管呢?"

"我想说的是,不管发生什么事,上帝已经完成了他的任务,现在轮到我们了,我们要自己来应对我们的事。"

第二年的学校生活开始了。

吕迪和我越来越亲密。因为我们之间的所有差异——年龄、身高、心事、姿势,每一种差异非但没有使我们疏远,反而让我们感觉彼此是多么亲近。我帮助他理清一些模糊不清的想法,而在我与同学有纠纷时,他利用他的身材和坏学生的名声保护我。"这脑子里什么东西都掏不出,"老师们总是这样摇头,"这样不开化的脑瓜,从来没有碰到过。"吕迪在功课上的死不开窍让我们很佩服。对我们,老师总能找到"对付办法",说明我们天性顽劣、禁不起收买、不可靠而易于妥协。而对吕迪,老师一筹莫展。他实在是又懒又笨到了家,顽冥不化、坚不可摧地对抗着老师。于是他成了学生对付老师这另类战场上的英雄,纪律惩罚经常落到他头上,为他那顶着不服帖乱糟糟头发的脑袋,平添了一层光晕:殉道者的荣光。

一天下午他又被关夜学,我从窗口递给他一块偷来的面包。

我问他为什么受罚后还是那样的好脾气，那样无动于衷，仍然拒绝学习。他嘟哝着说：

"我们家里七个人，父母及五个孩子。除了我，都是知识分子。我父亲是律师，我母亲是有名的钢琴家，与一些最好的乐队合作演出，我的哥哥姐姐们二十岁时都已经大学毕业，就是脑瓜好使……他们都被抓了！被一辆卡车带走！他们不相信这会落到他们头上，所以就没有躲起来。那么聪明，那么受人尊敬的人。而我，救了我的正是我既没在学校里也没在家里！我在马路上闲荡。我死里逃生就是因为我在游荡……所以读书这事……"

"那你认为我读书是件错误的事？"

"不，你不是，约瑟夫。你有这能力，而且你还有很长的未来……"

"吕迪，你还不到十六岁……"

"是，但是已经太晚了……"

没必要再说什么了，我明白了他对家人也感到愤怒。即使我们的父母已不在人世，即使他们不回答我们，他们仍然在我们黄别墅的生活中扮演着他们的角色。我，我怨恨他们！我恨他们是犹太人，把我生成犹太人，让我们面临危险。两个糊涂虫！我父亲吗？是个没用的人。我母亲呢？是个受害者。她的不幸在于嫁给我父亲，在于没意识到她深深的软弱，在于她女性的温顺和献身精神。如果说我有些瞧不起母亲，我还是会原谅她，因为我无法不去爱她。相反，对我父亲，我有一种顽固的仇恨，他强迫我做他的儿子却没有能力保证我体面的命运。为什么我不是蓬斯神父的儿子呢？

1943年11月的一个下午，我和吕迪爬上一棵老橡树，去树洞里寻找冬眠松鼠的窝，从树上看出去，村庄和田野一览无余。我们的脚几乎可以触到花园围墙的顶部了，如果我们愿意，完全可以逃出去，只需跳下围墙，沿着墙外的小路往前走就是了。可是逃到哪里去呢？没有比黄别墅更安全的地方了，我们的冒险仅限于围墙内。当吕迪还在往高处爬时，我坐在第一根树杈上，就在那里，我想我看见了我父亲。

一辆拖拉机从路上下来，将要从我们身边开过。开拖拉机的人，尽管没有胡子，穿着农民的衣服，但足以让我认出这是我父亲，再说，我确实认出了他。

我几乎僵住了，我不要这样的相遇。但愿他没有看到我！我屏住呼吸。拖拉机发出咔咔声从我们藏身的大树下面经过，继续朝山下驶去。呼，他总算没看到我！实际上他离我只有十米左右，我完全可以叫住他，追上他。

我嘴巴发干，屏声静气，等着拖拉机越来越远，越来越小，直至完全消失。我确定它已完全不见后，回过神，舒了口气，使劲眨巴眼睛，抖抖身体。吕迪感觉到了我的慌乱。

"你怎么啦？"

"我想刚才拖拉机上的那个人我认识。"

"是谁？"

"我爸爸。"

"可怜的约瑟夫，这不可能！"

我摇摇头，想赶走这个可笑的念头。

"当然，这不可能……"

我想要吕迪同情我，故意装出一副失望孩子的模样。实际上我很高兴避开我父亲。再说了，这真的是他吗？吕迪说得有道理，我们会生活在相距几公里的地方，却对彼此一无所知？难以置信！那天晚上，我认定那是我在做梦。我从记忆中摒弃了这一幕。

很多年以后，我才发现，那天与我擦肩而过的真的是我父亲，是我拒绝接受的父亲，是我希望远离、缺席或者死去的父亲……这种故意的误解、可怕的心态，我归咎于当时的脆弱和惊慌。这个行为让我有一种挥之不去的羞愧感——完整、强烈、灼人——直到我生命的最后一息。

当我们聚在他的秘密犹太教堂时，蓬斯神父带给我一些战争的消息。

"自从德国军队在苏联深陷泥潭及美国人参战后，我估计希特勒快要完蛋了。但要付出怎样的代价？在这里，纳粹越来越神经质，他们以一种近乎绝望的疯狂，气急败坏地追捕抵抗组织成员。我很为我们担心，约瑟夫，很担心。"

他像猎狗嗅到狼的踪迹，在空气中嗅到了危险。

"没事，神父，一切都会过去的，我们继续学习吧。"

无论是对待神父还是对待吕迪，我总喜欢表现得像个保护者。我实在是太爱他们了，为了排遣他们的担忧，我表现出一种不可动摇的、令人信服的乐观精神。

"给我把犹太教和基督教的区别解释得更清楚一点吧，神父。"

"犹太人和基督徒信仰同一个上帝，就是授予摩西十诫的那位。但犹太教徒不承认耶稣就是那位被宣布的弥赛亚，就是他们期盼的上帝使者。他们认为他只是又一个犹太先知而已。当你认为耶稣就是上帝的儿子，是上帝的化身，死而复活，那你就成了一名基督徒。"

"所以对基督徒来说，那是已经发生过的事；对犹太教徒来说，还没有发生。"

"对，约瑟夫。基督徒就是那些追忆过去的人，而犹太教徒则是期待将来的人。"

"这么说基督徒就是停止期待的犹太教徒？"

"对。而犹太教徒，就是耶稣出生之前的基督徒。"

想到自己是"耶稣出生之前的基督徒"，我感到很有趣。在天主教启蒙课和《摩西五经》的秘密学习中，宗教故事比起从图书馆借的儿童读物更能激发我的想象力。我感觉它更有质感，更私密，更具体。不管怎样，这涉及到我的祖先，如摩西、亚伯拉罕、大卫、施洗约翰或耶稣！我的血管里肯定流淌着他们其中一位的血，况且他们的生活并非平淡无奇，至少不比我差：他们呐喊过，哭泣过，歌唱过，他们时刻面临着迷失的危险。我不敢向蓬斯神父坦承的是，我已经把他糅合进了这个故事，我难以想象那位洗手不干的罗马行政官本丢彼拉多①，不是蓬斯神父的模样而是其他样子。我觉得蓬斯神父如果出现在福音书里是再正常不过了，就在耶稣身边，夹在犹太教徒和未来的基督徒之间不知所措，一个诚实却不知如何选择的人。

我感觉蓬斯神父为了我而勉强进行的学习，带给他很大的困惑。像许多天主教徒一样，他以前不是很了解《旧约》，他为发现《旧约》及一些拉比的评论而赞叹。

"约瑟夫，有时候我会自问是不是信奉犹太教更好？"

"不，神父，还是做基督徒吧，您没意识到您运气有多好。"

"犹太教讲的是尊重，而基督教讲的是爱心。我自问：尊重

---

① 本丢彼拉多，罗马帝国犹太行省的总督，因祭司长等坚持要处死耶稣，他便叫人端盆水来洗手，表示对此事不负责任，后来耶稣被判刑钉十字架。

难道不是比爱心更深刻？而且也更可行……爱我的敌人，像耶稣教诲的那样伸过另半边脸，我觉得这令人敬佩却难以实践。尤其是现阶段，你会把另半边脸伸给希特勒？"

"决不会！"

"我也不会！确实我对不起基督，也许我穷尽一辈子都无法效仿他……爱心能够成为一种责任吗？人可以命令他的心灵吗？我可不信。犹太教大教士认为，尊重要高于爱心，那是一种持久的责任。我感觉这是可能的，我可以尊重我不喜欢的人或我不感兴趣的人，但是爱他们？再说了，如果我尊重他们了，是不是还需要爱他们？爱，这很困难。我们既不能挑起爱意，也不能控制它，更不能强求它持续，而尊重……"

他摸摸光脑袋说：

"我在想，我们基督徒不正是一些过于多愁善感的犹太教徒……"

就这样，我的生活伴随着对《圣经》的学习思考，对纳粹的恐惧，伴随着抵抗组织越来越多和越来越大胆的行动，伴随着与同伴们的游戏，以及和吕迪的一起散步。如果说轰炸未能放过尚莱，英国飞行员倒是避开了黄别墅。很可能因为它远离火车站，尤其是蓬斯神父做好了预防措施,在避雷针上绑了一面红十字会旗帜。奇怪的是,我却喜欢那些防空警报,我从来不和同学们一样躲到防空掩体下面,而是和吕迪一起爬到屋顶上观看那些场面。皇家空军的战斗机飞得那么低,我们都看得见飞行员,向他们友好地挥手。

战争期间最大的危险就是司空见惯,特别是对于危险的习以为常。

在尚莱,一直有几十个人在秘密抵抗纳粹。时间一长,他们有些轻敌,尤其是诺曼底登陆的消息让我们付出了沉重代价。

我们听说人数众多、装备精良的美国部队已经登陆,这消息让我们群情振奋。即使我们还不得不保持沉默,但微笑绽放在我们脸上。蓬斯神父走起路来都有些轻飘飘,很像耶稣踏浪而行的样子,脸上散发着快乐的光芒。

这个星期天,我们蹦蹦跳跳去做弥撒,迫不及待地想与村民们分享这触手可及的胜利,即使我们还只能用眼神交流。弥撒开始前十五分钟,所有学生都在操场上排好了队。

一路上,穿着节日盛装的农民对我们微笑致意。一位太太走过来递给我一块巧克力,另一位在我手里放了一个桔子,又有一位在我口袋里放了一块糕。

"为什么总是给约瑟夫？"我的同伴嘀咕道。

"很正常啊，因为他长得最可爱！"吕迪远远喊道。

这些食物来得正好，因为我的肚子永远是空空的，加上我正是长身体的时候。

我期待着走过药店的时刻，因为马塞尔小姐和神父一起救了那么多孩子，我一点都不怀疑她也一定容光焕发。说不定她一高兴，就会往我嘴里扔一块水果糖？

可是金属卷帘门是关着的。

我们一群人提前来到村子广场上，所有人，大人和孩子都在教堂门口站住了。

教堂大门敞开，从里面传出管风琴雄壮嘹亮的乐声。我惊讶万分地听出副歌部分竟然是《布拉班人之歌》！

人群都惊呆了，在纳粹鼻子底下弹奏我们的国歌《布拉班人之歌》，这可是对他们最大的羞辱，等于在说："滚吧，滚回去，你们失败了,你们狗屁不如!"

谁敢如此胆大妄为?

挤在最前面的人看到后告诉后边的人:是"真见鬼"马塞尔小姐。她双手按住琴键,脚踩踏板,生平第一次走进教堂,就是为了警告纳粹他们即将输掉这场战争。

我们兴奋激动地围着教堂,就像在看一场惊险刺激的马戏。"真见鬼"演奏得出奇地好,比那个贫血的专职管风琴手不知好上多少倍。在她的指尖下,管风琴就像一支由锃亮小号和雄浑大鼓组成的铜管乐队,发出雄壮嘹亮的声音。那旋律朝我们滚滚而来,强劲有力。我们可以感到脚下的大地在微微颤动,商店的橱窗也在震颤。

突然响起一阵刺耳的刹车声,一辆黑色汽车在教堂门前停下,从里面跳出四个家伙。

盖世太保抓住马塞尔小姐,她停止了弹奏,但仍然破口大骂:

"你们完蛋了!完了!你们可以把我抓起来,但什么也改变不了!你们这些可怜虫,懦夫,软蛋!"

纳粹毫不留情地把她扔到车上,一溜烟开走了。

蓬斯神父的脸色比任何时候都惨白,在胸口画着十字。我握紧拳头,真想追上汽车,痛打一顿这些坏蛋。我抓住神父的手,他的手冰冷。

"她什么都不会说的,神父。我敢肯定她什么都不会说。"

"我知道,约瑟夫,我知道。'真见鬼'是我们中最勇敢的一位。但他们会把她怎么样啊?"

我们还没来得及等到答案,当天夜里11点左右,盖世太保就冲进了黄别墅。

无论怎么受刑,马塞尔小姐没吐露一个字。但是盖世太保在搜查她住处时发现了用于给我们制作假证件的照片底片。

我们暴露了,甚至都不用脱裤子。纳粹只要打开我们的护照,马上就可以认出我们这些假冒者。

二十分钟内,黄别墅里所有的犹太孩子都被集中到一间教

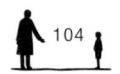

室。

纳粹大喜,我们则吓瘫了。我紧张得脑子一片空白,只是机械地服从,自己并无意识。

"靠墙站,举起双手,快点!"

吕迪溜到我身边,但这并没让我感觉放心一点,他也因为恐惧瞪着大而无光的眼睛。

蓬斯神父开始想对策。

"先生们,我非常震惊,我不知道他们的真实身份!我一点都没怀疑过这些孩子可能是犹太人。人家是把他们当作雅利安人送到我这里的,真正的雅利安人。我上当了,他们简直在嘲弄我,利用了我的轻信。"

我没有马上弄明白神父的态度,但我不认为他这么做是为了开脱自己以逃避被逮捕。

盖世太保头目突然问他:

"谁带给你这些孩子的?"

神父犹豫了一下，十秒钟过去了。

"我不想欺骗你们，我这里所有的孩子都是药剂师马塞尔小姐带来的。"

"你不感到奇怪吗？"

"她经常托付给我一些孤儿，已经有十五年了。早在战争开始前就进行了，她是个很好的人，参与了一个专门帮助不幸儿童的人道组织。"

"谁支付这些孩子的生活费？"

神父面无血色。

"每个月我们会收到写着孩子名字的一笔钱，您可以去财务室核查。"

"这些钱是从哪里来的？"

"来自捐助者……还能是谁呢？我们的档案里都有记录，您可以查询相关文件。"

纳粹相信了他的话，纳粹头目对登记材料垂涎欲滴，只想着怎么弄到手。结果，神父不示弱地反问道：

"您要把他们带到哪里去？"

"梅赫伦①。"

"然后呢？"

"这您就不用管了。"

"这是一次漫长的旅途？"

"毫无疑问。"

"那么让我整理一下他们的物品，收拾他们的行李，让他们穿好衣服，给他们准备一点路上吃的东西。孩子们②，我们不能这样对待孩子。如果您把您的孩子交给我照料，您能接受我让他们就这样上路吗？"

---

①比利时城市。
②这是神父称呼教民的口吻，这里是蓬斯神父称呼盖世太保。

那个长着一双胖乎乎肉手的盖世太保头目犹豫了一下，神父赶紧抓住这个突破口：

"我知道您不会伤害他们的，我会把一切都安排好。您明天一大早来接他们。"

盖世太保头目中了神父的温柔之计，很难拒绝神父的满脸诚恳，他很有冲动想证明他不是一个坏小子。

"明天早晨七点整，他们会收拾干净，吃饱穿暖，带上他们的背包，在操场上排好队。"

蓬斯神父强调："别为难我，我照顾他们已经好几年了。当人家交给我一个孩子，他们是可以完全放心的。"

盖世太保头目看了一眼三十多个穿着睡衣的犹太孩子。想到天明之前他还没有卡车，想到他也有点困乏了，便耸耸肩，嘟哝道：

"那行吧，神父，我相信您。"

"您可以相信我，我的孩子，放心回去吧。"

穿黑色制服的盖世太保离开了寄宿学校。

一旦确认他们已经走远，神父转身对我们说：

"孩子们，不要惊慌，不要叫喊。你们赶快去拿好东西穿好衣服，然后立刻逃走。"

我们长长地舒了口气。蓬斯神父叫来其他宿舍的学监，那是五个神学院学生。神父把他们和我们关在同一个房间里。

"孩子们，我需要你们。"

"没问题，神父。"

"我要你们撒谎。"

"可是……"

"你们必须撒谎，以上帝的名义。明天你们对盖世太保说，他们走后不久，一群蒙面抵抗组织成员冲进了学校。你们要说你们反抗过，而且人家会发现你们被捆绑在床腿上，说明你们是无辜的。你们接受我把你们绑起来吗？"

"您甚至可以打我们几拳,神父。"

"谢谢,孩子们。打几拳,我不反对,条件是你们相互打几下。"

"您呢?那您怎么办?"

"我不能和你们一起留下来了。明天,盖世太保不会再相信我了,必须有一个替罪羊。所以我会和孩子们一起逃跑。当然,你们可以揭发是我通知了抵抗组织,我的同党。"

之后的几分钟里我看到了最不可思议的一幕:年轻的神学院学生开始相互殴打,很投入、很严肃、很准确地打,鼻子、嘴唇、眼睛。每个人还会再问问同伴打得是不是够了。然后蓬斯神父把他们结结实实捆在床腿上,再往嘴里塞了抹布。

"你们喘得过气吗?"

神学院学生点点头。有些人脸上青肿,有些流着鼻血,所有的人都眼含热泪。

"谢谢,孩子们。"蓬斯神父说道,"为了能坚持到明天早晨,想想我们的主耶稣吧。"

随后,他看我们是否都拿好了简单的行李,然后我们轻手轻脚走下楼梯,从后门出去。

"我们去哪儿呢?"吕迪自言自语。

尽管我可能是唯一猜得到答案的人,但我还是什么都没说。

我们穿过花园来到林中空地,神父让我们停下。

"孩子们,如果你们认为我疯了,也只能这样。我们不再继续往前走了!"

他给我们讲了他的计划,我们在天快亮之前,完成了这个计划。

我们中的一半人先到那个地室休息,另一半,包括我,花时间去掩盖我们留下的痕迹,然后再伪造一些假痕迹。土地被雨水浸透了,一脚踩下去,有叽咕的水泡声,要留下一些漂亮的脚印真是太容易了。

我们一队人穿过林中空地,从花园狭窄的后门出去,然后在疏松的腐殖土上留下脚印,折断一些树枝,甚至还故意散落一些物品。我们一直走到河边,神父把我们带到一个小渡口。

"这样，人家会以为有一艘船来接应我们……现在我们要沿刚才的路往回走，但只能倒着走，让别人认为我们是两队人，并且不能留下朝另一个方向的任何痕迹。"

回程很慢、很艰难，脚底打滑，加上惊吓和疲倦。林中空地的那一段，是最困难的，必须用树枝拍打地面，把我们留在湿漉漉地上的通往废弃教堂的脚印抹掉。

当我们终于回到同伴们已经在睡觉的地室时，天刚好放亮。神父小心翼翼地关上门和我们头顶的隔板，只点了一根守夜的蜡烛。

"睡吧，孩子们，今天早上不用按时起床。"

在离我躺下地方的不远处，神父在书堆里清出一小块空间，成堆的书就像一座隔墙。当他瞥到我的时候，我问：

"我可以到您的房间里来吗？神父。"

"来吧，我的小约瑟夫。"

我挪到他身边，靠在他削瘦的肩膀上，我刚来得及触到他温和的目光，就睡着了。

早晨，盖世太保冲进黄别墅，看到的是几个被绑的神学院学生，大呼上当。盖世太保顺着我们留下的痕迹一直追到河边，还在更远处搜寻，他们怎么都不会想到其实我们并没有逃跑。

蓬斯神父是没法再出现在地面上了，我们也不能在这个地室改建的秘密犹太教堂一直呆下去。虽然说我们还活着，可现在活着本身就尽是问题：说话、吃饭、撒尿、排便，都是问题。即便睡觉也成问题，因为每个人睡觉的节奏都不相同。

"你看，约瑟夫，"蓬斯神父幽默地对我说，"坐诺亚的船旅行可不是件好玩的事。"

很快，抵抗组织派人来把我们一个个接走，让我们藏身到别处。吕迪是第一批走的，肯定是因为他占用了太多空间。蓬斯神父从来不把我指给来接我们的伙伴。这是故意的吗？我大胆猜想他是想尽可能久地把我留在身边。

"也许盟军会比预期的提前胜利？也许我们很快就能被解救？"他眨眨眼睛对我说。

他利用这几个星期和我一起完善对犹太教的认识。

"你们的生命不仅是你们的,它们还负有使命。我不愿你们被灭绝。我们学习吧。"

地室里只剩下五个人了,有一天我指着另三个正在熟睡的同学对神父说:

"您看,神父,我不想和他们死在一起。"

"为什么?"

"因为尽管我和他们很贴近,但他们不是我的朋友。他们能与我分享什么呢?仅仅因为大家都是受害者?"

"为什么你对我说这些,约瑟夫。"

"因为我更愿意和您死在一起。"

我把头埋在他的膝盖上,告诉他涌动在我心中的这个想法。

"我更愿意和您死在一起,因为您是我最喜欢的人。我更愿意和您死在一起,因为我不愿意您哭泣,更不愿意您为我哭泣。我更愿意和您死在一起,那样您将是我在这个世界上看到的最后一个人。我想和您死在一起,因为如果没有您,生活对我不再有意思，甚至让我感到恐惧。"

就在这时小教堂门外传来了欢呼声：

"布鲁塞尔解放了！我们赢了！英国人解放了布鲁塞尔！"

蓬斯神父跳了起来，把我搂在怀里。

"解放了！你听到了吗？约瑟夫，我们解放了！德国人走了！"

其他孩子也醒了。

抵抗组织成员把我们从地室中放出来，我们在尚莱的大街上奔跑、雀跃、欢笑。喜悦的欢呼声从大街小巷传来，有人朝天鸣枪庆贺，很多窗口飘扬着国旗，有人当街手舞足蹈，有人打开藏了五年的好酒。

一直到晚上，我都呆在神父的怀里。他与村里的每个人谈论着胜利，流下喜悦的眼泪，我用小手帮他拭去泪水。因为这是喜庆的一天，我有权做一个九岁的孩子，可以骑在这个救了我命的人肩膀上，可以亲吻他粉色的带点咸味的脸颊，可以无来由地大声欢笑。一直到晚上，我都兴奋不已，没有离开过他。即使我有点沉,他也完全没有抱怨。

"战争马上就要结束了!"

"美国人开进了列日①。"

"美国人万岁!"

"英国人万岁!"

"我们万岁!"

"鸣啦!"

从1944年的9月4日起,我一直认为布鲁塞尔的解放,是因为我突然毫不掩饰地向蓬斯神父吐露了我对他的爱,我永远都记得。从此以后,每当我向一个女人表白感情时,都会等待鞭炮响起,彩旗飘扬。

---

① 比利时城市。

在我们这个地区,接下来的日子却比在战争期间更有死亡的风险。占领期间,敌人在明处,因此看得见,但在解放期间,一些冷枪在这里或那里响起,没法控制。把那些孩子接回黄别墅后,蓬斯神父禁止我们走出花园。然而吕迪和我还是会忍不住爬到我们的老橡树上,它的树枝伸到了围墙外边,从树缝里看得见一望无际的光秃秃的平原和远处的农场。从那里虽然看不到战争场面,至少可以看到一些打仗过后的硝烟。就这样我看见了那位德国军官,那位在莲蓬头下选择不出卖我们的德国军官,穿着衬衫,浑身是血,肿胀的脸,剃光了头发,被一些全副武装的抵抗运动成员押着,不知道会受到怎样的报复……

食物供应总是很成问题,为了抵御饥饿,吕迪和我在草地上找到一种深绿色的草,看上去要比其他草肥厚些,我们采了一大把,然后放到嘴里尝了尝,有些苦涩,麻麻的,但这让我们感觉嘴里有东西填充。

秩序渐渐恢复,但传来的并不都是好消息。药剂师马塞尔小姐在经受了可怕的酷刑后,被带到东部。她怎么回来呢?还能不能回来?人们在战争中担心的一些事件渐渐被证实了:纳粹在集中营屠杀了大量囚犯,几百万人遭到杀戮,或被枪杀,或被毒气窒息,或被活埋。

我又开始尿床了,惊恐以后怕的形式表现:我被自己已逃脱厄运吓坏了,我的羞耻感也是回溯性的,我想到了那天我隐约见到却不想打招呼的父亲。但那真的是他吗?他是否还活着?我母亲呢?我因为悔恨而加倍爱他们。

在无云的夜晚,我会溜出寝室凝望天空。当我盯着"妈妈和约瑟夫的星星"时,那些星星仿佛又在用意第绪语唱歌。我的眼睛很快模糊了,我开始哽咽,抱着双手站在草坪上,一把鼻涕一把眼泪。

蓬斯神父不再有时间给我上希伯来语课。几个月来,他从早到晚四处奔波,寻找我们父母的踪迹,翻阅从布鲁塞尔带来的资料,那是抵抗组织编制的被带走处死的人员名单。

对我们中的有些人,消息来得很快,他们是全家唯一的幸存者。下课后我们去安慰他们,照顾他们,然而在我们的内心深处,我们想到了自己:我是否就是下一位呢?迟迟不来的会是一个好消息还是最坏的消息?

当无情的现实逐渐代替了侥幸的希望后，吕迪开始相信他失去了所有的亲人。"像我这样的倒霉蛋，事情不可能会是另一种样子。"确实，蓬斯神父每星期都会带来一些不幸的消息。先是他的大哥，接着是另一个哥哥，接着是姐姐们，然后是他父亲，都在奥斯维辛集中营被毒杀。每一次，无比巨大的痛苦击倒了我的朋友，我们在草地上一躺就是几个小时，仰望阳光灿烂和燕子斜飞的天空，手拉着手。我感觉他在哭泣，但我不敢转过头去看他，怕羞辱了他。

有一天傍晚，蓬斯神父从布鲁塞尔回来，满脸喜色地猛蹬自行车，朝吕迪冲去。

"吕迪，你母亲还活着，周五她将坐幸存者专列回到布鲁塞尔。"

这一天晚上吕迪喜极而泣，哭得那么伤心，我都以为他在见到母亲之前会被自己的眼泪淹死。

星期五，吕迪天不亮就起来漱洗、穿衣、擦皮鞋，一身资产阶级的打扮，我们以前从没见过，我差点认不出他。他头发抹了发胶，整齐地梳到招风耳朵后边，非常兴奋，不停地喃喃自语，从一个念头跳到另一个念头，话说到一半又停下，变成另一个话题。

蓬斯神父借到一辆车，决定我也可以一起去，这是三年来我第一次离开黄别墅。由于吕迪的喜悦，我把对自己家庭命运的担忧暂时搁置一边。

布鲁塞尔，细雨纷飞在灰蒙蒙的建筑物外墙，我们的挡风玻璃也蒙上一层透明的水汽，人行道上的水花闪着微光。一到指定接待幸存者的大旅馆门口，吕迪就冲向穿着金边红衣的门童。

"钢琴在哪里？我要把妈妈带到钢琴边，她可不是个一般的钢琴家，是演奏高手，她能开独奏音乐会。"

在酒吧看到那架锃亮的钢琴后，人家告诉我们幸存者已经到了。在经过清洗虱子、蒸气浴消毒后，他们现在正在餐厅用餐。

吕迪在蓬斯神父和我的陪伴下直奔餐厅。

一群肤色黯淡、皮包骨头的男人和女人，一色的黑眼圈，眼睛空洞无神，虚弱得几乎拿不动手里的刀叉，低头喝着手里的汤。我们走进去时，他们根本没注意我们，只是贪婪地吃着东西，生怕别人阻止他们吃饭。

吕迪扫视了一下餐厅。

"她没在,还有别的餐厅吗?神父。"

"我去问问看。"神父回答。

一个声音从一条长凳上传来:

"吕迪!"

一个女人站起来,朝我们挥手,差点就要倒向我们。

"吕迪!"

"妈妈!"

吕迪朝招呼他的那个女人奔过去,把她紧紧抱在怀里。

在她身上我没看出吕迪描述的他母亲的样子,那该是个文静的高个子女人,胸脯高耸,天蓝色的瞳孔,黑色长发瀑布般浓密,深受观众欣赏。相反,我看见他拥抱了一个小个子老妇人,几乎秃顶,目光呆滞惊恐,脸色灰白,皮包骨头,扁平的身体裹在一条羊毛裙子里。

然而,他们相互在耳边说着意第绪语,在对方的肩膀上痛哭。

由此我认定吕迪没有搞错人,但显然是美化了他的记忆。

他想把她带走:

"来,妈妈,这个宾馆里有一架钢琴。"

"不,吕迪,我想先把饭吃完。"

"来,妈妈,来吧。"

"我还没吃完胡萝卜。"她跺着脚说,像个固执的孩子。

吕迪显然有些吃惊:在他面前的不再是那个有威望的母亲,而是一个不肯放下饭盒的小女孩。蓬斯神父做了个手势,让他别难为她。

她慢慢地,全神贯注地喝着汤,用一块面包蘸剩下的汤汁,直到把盘子擦得一干二净,对别的一切充耳不闻。在她周围,其他幸存者也这样仔仔细细地对付他们的盘子,几年的严重营养不良,让他们吃起东西来一副穷凶极恶的样子。

然后吕迪伸手扶她站起来,把我们介绍给她。尽管她非常虚弱,还是优雅地朝我们笑了笑。

"您知道吗?"她对神父说,"我坚持活下去,就是因为希望我能找到吕迪。"

吕迪眨眨眼睛,岔开话题:

"来,我们去钢琴那边,妈妈。"

穿过奶白色石膏吊顶的大厅,走过几道挂着厚重丝绒帘布的门,他小心翼翼地把她按在琴凳上,打开了钢琴盖子。

她看着那架三角钢琴有些激动也有些不安。她还会弹奏吗?她的脚滑向踏板,手指抚摸着琴键。她在颤抖,她感到害怕。

"弹吧,妈妈,弹琴。"吕迪喃喃道。

她有些慌乱,看着儿子。她不敢对他说她怀疑自己是否还会弹琴,说自己没有足够的勇气,说……

"弹吧,妈妈,弹吧。我也一样,想着有一天你会重新为我弹琴,这样才熬过了战争。"

她摇晃了一下,赶紧抓住琴的边缘。然后她盯着琴键,仿佛那是一道需要克服的障碍。她双手迟疑地伸向键盘,然后小心地按下了琴键。

那是我所听到过的最温柔最忧伤的旋律。开始有点细长、纤弱、稀疏；然后慢慢坚定起来，琴声越来越紧凑、激越、热烈。

演奏的时候，吕迪母亲找回了往日的风采，现在我辨认出，眼前的这个女人就是吕迪曾向我描述过的那个女人。

弹到最后一段时，她转向她儿子：

"肖邦，"她低声道，"他没有经历过我们刚刚遭受的劫难，然而他猜到了一切。"

吕迪在她脖子上亲了一下。

"你会继续上学吗？吕迪。"

"我发誓继续上学。"

之后的几个星期我经常去看望吕迪的母亲，尚莱的一个老太太收留了她。她在渐渐恢复原来的样子，脸色、头发和威望。吕迪每天晚上去她那里，并且也不再扮演他一直以来的、不可救药的、又懒又笨的坏学生角色，甚至对数学也开了窍。

星期天，黄别墅成了曾经躲藏起来的孩子的聚集地。人们从周围把三至十六岁的还未被认领的孩子带到这里。他们在风雨操场那个临时搭建的舞台上展示自己。来了很多人，大部分人来认领他们的儿子女儿或者侄子侄女。也有在纳粹大屠杀后，感觉必须对某个孩子负起责任的远房亲戚，还有一些打算领养孤儿的夫妇。

我既盼望又害怕这些早晨。每次叫到我名字走上高台时，我多么渴望听到一声呼喊，我母亲的呼喊。每次当我在一阵礼貌的沉默中原路折回的时候，我恨不得自残。

"这都是我的错，神父，我父母不来，那是因为战争期间我并没有想念他们。"

"别说傻话，约瑟夫，如果你父母没有回来，那既不是你的错也不是他们的错，是希特勒和纳粹的错。"

"您不能推荐我被领养吗？"

"现在还太早，约瑟夫。如果没有文件证明你的长辈都已去世，我没有这个权力。"

"反正，没人会要我的！"

"别，你应该继续盼望。"

"我讨厌盼望，我在盼望时感到无用和肮脏。"

"你要更谦卑一点，再等等吧。"

这个星期天，在例行的孤儿展览后，我仍然一无所获、垂头丧气。我决定陪吕迪去村里他母亲那里喝杯茶。

我们沿着小路往下走，我看见远处有两个人影在往坡上爬。

我连想都没想，拔腿就往那个方向飞奔，几乎脚不沾地，简直要飞起来了。我跑得太快了，感觉腿都要从髋上落下来了。

我并没有认出那个男人或女人，但我认出了母亲的大衣，一件带风帽的玫瑰色和绿色相间的苏格兰呢大衣。肯定是妈妈！我还从未见过别人穿带风帽的玫瑰色和绿色相间的苏格兰呢大衣。

"约瑟夫！"

我使劲捶打着我父母，上气不接下气，说不出一句话。我拍他们，掐他们，紧紧抱住他们。我盯着他们看，抓紧他们，不许他们再走掉。我重复了无数次这样混乱的动作。是的，我感觉到了他们，看到了他们，是，他们还活着。

我高兴到悲从中来。

"约瑟夫,我的小约瑟夫!米舍科,你看到了吗?他多可爱啊。"

"你长大了,儿子!"

他们说着些愚蠢没意义的小事,却让我直想哭。我,我已泣不成声。我们分别后三年来蓄积的痛苦,一下子压到我肩头,把我击垮。我张大了嘴,却发不出声音,只会抽噎。

意识到我不回答他们任何问题时,他们转向吕迪:

"我的小约瑟夫,他太激动了,是不是?"

吕迪表示赞同。因为再次被母亲理解,猜中了心事,又引得我一阵热泪。

我有一个多小时说不出一句话。在这个小时里,我抓住他们不放,一手拽住我父亲的胳膊,另一只手握住母亲的手掌。在这一个小时里,我从他们对蓬斯神父的讲述中知道了他们是怎么活下来的。他们藏身在离此地不远的一个大农场里,乔装成农业工人。他们之所以花了很长时间确定我在哪,是因为他们回到布鲁塞尔后,发现叙利伯爵和伯爵夫人失踪了。抵抗组织把他们引到

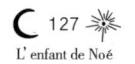

了一条错误的线索上，他们一直寻找到荷兰。

在叙述他们的曲折经历时，母亲经常转向我，抚摸着我，轻声喃喃道：

"我的小约瑟夫……"

我是多么喜欢听到意第绪语，这是一种多么柔和的语言啊，人们用它唤一个孩子的名字时会忍不住加上一点声音的抚摸，一个昵称、一个悦耳的音节，就像用词语在心里撒了一把糖……这样的情形下，我恢复了常态，一心想带他们去参观我的领地，我度过几年快乐时光的黄别墅和它的花园。

他们的事情说完了，便凑向我：

"我们这就回布鲁塞尔，你去拿上你的东西好吗？"

就在这时我恢复了说话的功能：

"怎么？我不能留在这里了吗？"

我的问题得到的是一片沮丧的沉默。我母亲眨眨眼睛，怀疑自己是否听错。我父亲下巴抽搐着盯着天花板，蓬斯神父朝我探过来：

"你说什么？约瑟夫。"

我突然醒悟到自己的话在父母的耳朵听来有多么可怕，我羞愧万分！但是太迟了！我又重复了一遍，希望这第二遍产生的效果与第一遍不同：

"我不能留在这里了吗？"

糟了，这回更不妙！他们的眼睛立刻潮湿了，把脸转向窗子。蓬斯神父皱起眉头：

"你知道你在说什么吗，约瑟夫？"

"我说我要留在这里。"

一个耳光抡过来，容不得我有半点儿怀疑。蓬斯神父举着发烫的手掌，忧伤地看着我。我看着他惊呆了，他从来没有打过我。

"原谅我吧，神父。"我嘟哝道。

他严厉地摇摇头，表示这并不是他期待的反应。他用眼神示意我向父母道歉，我服从了。

"对不起,爸爸,对不起,妈妈。这只是表示我在这里过得很好的一种说法,一种表示感谢的方式。"

父母向我张开手臂。

"你说得对,亲爱的。对蓬斯神父,我们永远也说不够谢谢。"

"是的,说不够!"我父亲重复道。

"你听到了吗,米舍科,我们的小约瑟夫已经丢了我们的口音,人家都要不信他是我们的儿子了。"

"他做得对。我们应该停止说这种不幸的意第绪语了。"

我打断他们,看着神父清晰说道:

"我只是想说我舍不得离开您……"

回到布鲁塞尔,尽管我很高兴发现父亲租了一座大房子,用一种报仇心切的态度,投入到他的生意中去;尽管我沉溺于母亲对我的爱抚和温柔,以及唱歌般的话语,我还是感到孤单,像一只丢了双桨的小船,随波逐流。布鲁塞尔太大了,无边无际,所有的风都可以刮过来,少了一堵让我感到安全的围墙。我可以吃饱饭了,穿合身的衣服和鞋子,在自己漂亮的房间里收集一大堆玩具和图书,但我怀念与蓬斯神父一起度过的探寻神秘未知的那些日子。我学校里的新同学很乏味,老师机械僵化,课程很无聊,家也让我生厌。不是只拥抱一下就能找回父母的。三年时间,他们变得陌生了,肯定是因为他们变了,也肯定是因为我变了。他们离开的是一个小孩子,接回的却是一个少年了。我父亲一心要在物质上取得成功的强烈愿望让他变了个人,我很难再认出从前那个谦卑的爱抱怨的沙尔别克街上的裁缝了,他现在要做一个野心勃勃的做进出口生意的阔佬。

"你看着吧,儿子,我很快就会发财。到时你只要继承我的产业就是了。"他两眼发光地对我说。

我是否愿意变得和他一样呢?

当他建议我准备接受犹太教成人礼,领圣体,注册就读传统的犹太学校时,我本能地拒绝了。

"你不想接受成人礼?"

"不想。"

"你不愿学习《摩西五经》，学习用希伯来语写字和祷告？"

"不想。"

"为什么？"

"我要做天主教徒！"

回应来得毫不迟疑：一记无情的重重的耳光。几星期里的第二个耳光，先是蓬斯神父，然后是我父亲。解放，对我来说，倒是耳光的解放。

他叫来我母亲，让她作证。我重复并坚持我想信仰天主教。她哭了，他咆哮。当天晚上我就出走了。

我骑了一辆自行车，走错了好几回，终于在晚上 11 点左右到达黄别墅。

我甚至没在大门口按门铃，直接绕过围墙，推开林中空地的那扇小门，来到废弃的小教堂。

教堂门是开着的，地室的活板门也开着。

不出我所料，蓬斯神父站在地室里。

他看到我时张开了双臂。我扑到他怀里，一泻我的忧伤。

"我真该再给你一巴掌。"他轻轻搂着我说。

"可是，你们全都怎么啦？"

他亲切地让我坐下，点燃了几根蜡烛。

"约瑟夫，你是一个刚刚惨遭杀戮的光荣民族最后的幸存者之一，六百万犹太人被杀害……六百万！面对这些尸体，你不能躲避。"

"我和他们有什么共同之处呢？神父。"

"你的生命由他们带来，你和他们同时遭遇死亡威胁。"

"然后呢？我有权同他们想得不一样，不是么？"

"当然是。但在他们已经不在的时刻，你必须证明他们曾经存在过。"

"为什么是我,不是您?"

"我同你一样要证明他们,每个人有他自己的方式。"

"我不想接受我的犹太成人礼,我要信奉耶稣上帝,和您一样。"

"听着,约瑟夫,你去参加犹太成人礼,因为你爱你母亲,尊重你父亲。至于宗教,我们以后再说。"

"可是……"

"今天,你一定要接受做犹太人,这很重要。这和宗教信仰没有任何关系。如果你以后还坚持你的愿望,你可以做一个皈依基督教的犹太人。"

"那还是犹太人,永远只能是犹太人?"

"对,永远是犹太人。去接受成人礼吧,约瑟夫。否则,你要让父母心碎的。"

我猜想他肯定是对的。

"实际上,神父,我很想和您一块做犹太人。"

他大笑起来。

"我也是,约瑟夫,我很愿意和你一起做个犹太人。"

我们一起说笑了一会儿,然后他按住我的肩膀说:

"你父亲爱你,约瑟夫。也许他爱得不够好,也许用一种你不太喜欢的方式爱你。可是他爱你,从没像爱你那样爱过其他人,也从没其他人像他那样爱你。"

"连您也不会?"

"约瑟夫,我爱你和爱其他孩子一样,也许爱你更多一点,但这是不同的爱。"

我感到一种解脱,我明白了我来这里就是要这句话。

"把你从我这儿解脱出来吧,约瑟夫。我完成了我的使命。现在我们可以成为朋友。"

他顺手四处一指,指着地室说:

"你什么也没注意到吗？"

尽管光线昏暗，我注意到烛台没了，羊皮卷经书也没了，耶路撒冷的照片也消失了……我凑近架子上叠放的书。

"什么！……不再是希伯来语的书……"

"这里不再是一个犹太教堂了。"

"发生了什么事？"

"我开始了另一种收藏。"

他抚摸着几本书，书上的字我一个也不认识。

"斯大林总有一天会毁了俄罗斯之魂，我开始收集持不同政见的诗人的作品。"

神父背叛我们了！他肯定是从我眼睛里读到了这种谴责。

"不，我没有背叛你，约瑟夫。对于犹太人，有你在。从今往后，你就是诺亚。"

我在一个绿荫遮蔽、面对蔚蓝大海的露台上，写完了我的故事。我没有像同伴那样进屋午睡，我没有躲避太阳的灼热，相反，阳光把它的快乐撒到我心田。

这些事情发生后五十年过去了。最终，我还是接受了犹太教成人礼，继承了父亲的产业，我也没有转信基督教。我满怀热情地研究了父辈的宗教，并把它传给我的孩子们，但上帝仍然没有来赴约……

无论是作为虔诚的犹太教徒，还是作为淡漠的犹太教徒，我再也没能找回童年时感受到的那个上帝：在乡下的一座小教堂里，在彩绘玻璃上，在带花环的小天使身上，在管风琴的轰鸣声中，那个充满关爱的上帝飘浮在百合花束里，闪烁在温暖的火焰尖，混杂在油木的香味中，注视着那些躲藏起来的孩子和同情他们的村民。

我没有停止过看望蓬斯神父。先是1948年,当政府决定用马塞尔小姐的名字命名尚莱的一条街道时,我去看过他。马塞尔小姐被抓走后就再也没有回来。我们都到了,所有被她接待过,吃过她饭,得到过她做的假证件的孩子都来了。在纪念她的石碑揭幕之前,市长发表了讲话,提到了她的军官父亲,那是再上一场战争的英雄。鲜花丛中,竖立着父女两人的照片。我凝视着"真见鬼"和上校,他们长得几乎一模一样,一样的丑,只是那个军人多了一撮胡子。三位高级犹太教士颂扬了这位献出生命的女人和她的大无畏精神。神父随后带他们参观了他上一次的收藏。

我和芭芭拉结婚的时候,神父有机会进入一座真正的犹太教堂,他愉快地见证了仪式进程。这以后,在犹太教赎罪日、新年祭典或孩子们的生日,他都会来家里坐坐。不过我更喜欢到尚莱去看他,和他一起去那个小教堂的地室,那里有一种无序的和谐带来的舒适。三十年里,他经常向我宣布:

"我开始了另一种收藏。"

当然没什么能同那场大屠杀相提并论,没有一种不幸能与另一种不幸比较。然而每当地球上的某个民族由于另一个民族的疯狂而遭遇威胁时,神父便着手收集那些能见证受威胁的灵魂的物品。就是说在他的方舟上又添了一堆用具:有关于美洲印第安人的收藏,有关于越南的收藏……

通过阅读报纸，我就能预见到，下一次我去看他时，蓬斯神父一定会对我宣布：

"我开始了另一种收藏。"

吕迪和我一直是朋友，我们一起为重建以色列出力。我出钱，他则回去定居了。蓬斯神父千百次地声称，他是多么高兴看到希伯来语这一神圣语言的重生。

在耶路撒冷，犹太大屠杀纪念馆①决定授予那些在纳粹时期表现出最大人道主义精神，拯救犹太人免遭大屠杀的人士 "国际义士"的称号。蓬斯神父在 1983 年 12 月得到了"义士"称号。

但他永远都不能得知了，他刚刚去世。以他的谦逊和低调，肯定不喜欢我和吕迪打算组织的庆典活动。他肯定要反驳说我们不应该感谢他，他只是听凭内心的召唤，在完成使命。这个庆典带来的快乐实际上是给我们的，他的孩子们。

这天早晨，吕迪和我到以色列用神父名字命名的树林里散步。"蓬斯神父之林"种了二百七十一棵树，象征他救过的二百七十一个孩子。

---

①犹太大屠杀纪念馆（Yad Vashem）由以色列官方在 1953 年设立。

一些小树在老树干周围长起来了。

"你看，吕迪，有一些小树长起来了，那就不能说明什么了……"

"这很正常，约瑟夫。你有几个孩子？四个，孙子孙女呢？五个。救了你，蓬斯神父就相当于救了九个人。对我来说是救了十二个人。再下一代的话，人还要多。然后不断增多，几个世纪后，他就相当于救了几百万人。

"就像诺亚。"

"你还记得圣经？你这个不信教的人，我很惊讶……"

同以前一样，吕迪和我在所有方面都表现出巨大差异，但这并不妨碍我们相互热爱。有时候我们剧烈争吵，但又会相互拥抱道晚安。每次我来这里，到他在巴勒斯坦的农场看他，或者他到比利时来看我，我们的话题都会集中到以色列问题。如果说我支持这个年轻的国家，我并不赞成它的所有行动，这点和吕迪不同，吕迪接受支持这个政权的每一个行动，即使是穷兵黩武的。

"其实，吕迪，站在以色列一边，并不意味着赞同以色列人的所有决定。应该与巴勒斯坦人讲和，他们和你一样有权利在这里生活，这也是他们的领土。他们在以色列建国之前就已经生活在这里了。即便我们自己遭受迫害的历史也应该让我们与他们对话，而我们自己也已等了几个世纪。"

"是，但是我们的安全呢……"

"和平，吕迪，和平，这是蓬斯神父教给我们要期待的事。"

"别太天真，约瑟夫。达到和平最好的手段往往是战争。"

"我不同意，两方的仇恨结得越深，越不容易实现和平。"

就在回橄榄种植园的路上，我们经过一座巴勒斯坦人的房子，刚刚被坦克履带铲平，杂物散乱在朝天堆得高高的瓦砾中。两队孩子在废墟中撕打得热火朝天。

我让吕迪停下吉普车。

"这是怎么回事？"

"我们的报复行动，"他答道，"昨天发生了一起巴勒斯坦人的自杀式袭击，死了三个人。我们必须有所反击。"

我没有说话，下车朝瓦砾走去。

两群对峙的孩子，一群犹太孩子和一群巴勒斯坦孩子，相互扔着砖块。因为扔不准，其中的一个抄起一根木梁朝对手扫过去，反击自然也是非常迅速的。几秒钟之内，两个阵营的孩子就扭打成一团，用木棍木板激烈打斗起来。

我大声叫喊着冲向他们。

他们感到害怕了吗？或许是利用这个机会停止了战斗？他们朝相反的方向一哄而散。

吕迪漠然地朝我缓步走来。

我弯下腰，注意到孩子们散落的一些物品。我捡起一顶犹太无边圆帽和一条巴勒斯坦头巾。我把一样塞在左边口袋，一样塞在右边口袋。

"你在干吗？"吕迪问我。

"我开始了另一种收藏。"